Hermann Knackfuss

Dürer

Liebhaber-Ausgabe

Hermann Knackfuss

Dürer

Liebhaber-Ausgabe

ISBN/EAN: 9783743307162

Hergestellt in Europa, USA, Kanada, Australien, Japan

Cover: Foto ©Raphael Reischuk / pixelio.de

Manufactured and distributed by brebook publishing software
(www.brebook.com)

Hermann Knackfuss

Dürer

Künstler-Monographien

von

H. Knackfuß

Professor an der K. Kunstakademie zu Kassel

V

Dürer

Bielefeld und Leipzig

Verlag von Velhagen & Klasing

1895

Dürer

Von

H. Knackfuß

Mit 127 Abbildungen von Gemälden, Holzschnitten und
Handzeichnungen

Zweite neubearbeitete Auflage

Bielefeld und **Leipzig**

Verlag von Velhagen & Klasing
1895

Albrecht Dürer.

Abb. 2. Buchstabe aus einem Albrecht Dürer zugeschriebenen Holzschnitt-Alphabet.

us der schönen Knospe, die im XV. Jahrhundert heranwuchs, entfaltete sich jene prächtige Blüte, welche der deutschen Kunst des XVI. Jahrhunderts einen der ehrenvollsten Plätze in der gesamten Kunstgeschichte sichert. Vor den anderen Künsten fand die Malerei ihre großen Meister in Deutschland. Die Kraft des größten deutschen Künstlers erwuchs auf dem Boden der gewerbfleißigen Reichsstadt Nürnberg, in deren Malerwerkstätten alte Handwerksüberlieferungen mit Gewissenhaftigkeit und Emsigkeit gepflegt wurden. Albrecht Dürer ward zu Nürnberg am 21. Mai 1471 geboren. Sein Vater war ein aus Ungarn eingewanderter Goldschmied; derselbe war in seiner Jugend lange in den Niederlanden „bei den großen Künstlern" gewesen, war dann im Jahre 1455 nach Nürnberg gekommen und hatte in der Werkstatt des Goldschmieds Hieronymus Holper Stellung gefunden; 1467 hatte er dessen erst fünfzehnjährige Tochter Barbara geheiratet und war im folgenden Jahre Meister und Bürger von Nürnberg geworden. Der junge Albrecht, bei dessen Taufe der berühmte Drucker und Buchhändler Anton Koburger Gevatter stand, wurde für das väterliche Gewerbe bestimmt. Nachdem er die Schule besucht hatte, lernte er beim Vater das Goldschmiedehandwerk. Aber seine Lust trug ihn mehr zu der Malerei denn zu dem Goldschmiedehandwerk; und als er dies dem Vater vorstellte, gab dieser nach, obschon es ihm leid that um die mit der Goldschmiedelehre vergeblich verbrachte Zeit. — Es sind Dürers eigene Aufzeichnungen, denen wir diese Nachrichten verdanken.

Von Albrecht Dürers früh entwickelter außergewöhnlichen Begabung sind uns zwei Proben bewahrt geblieben. Die unter dem Namen Albertina bekannte Sammlung von Kupferstichen und Handzeichnungen im Palais des Erzherzogs Albrecht zu Wien besitzt ein mit dem Silberstift gezeichnetes Selbstbildnis des Goldschmiedelehrlings mit der später eigenhändig hinzugefügten Beischrift: „Das hab ich aus einem Spiegel nach mir selbst konterfeit im 1484. Jahr, da ich noch ein Kind war. Albrecht Dürer" (Abb. 3). Das andere Blatt, welches mit Hinsicht auf die Jugend seines Urhebers eine nicht minder erstaunliche Leistung ist als jenes, und das zugleich bekundet, daß auch in

Abb. 3. Dürers Selbstbildnis vom Jahre 1484. Silberstift-
zeichnung in der Albertina zu Wien.
Der Vermerk von Dürers Hand in der oberen rechten Ecke des Bildes lautet:
„Das hab ich aus einem Spiegel nach mir selbst konterfeit im 1484. Jahr,
da ich noch ein Kind war. Albrecht Dürer."
Nach einer Aufnahme von Ad. Braun & Co., Braun, Clément & Cie. Nchfl.,
in Dornach i. Els. und Paris.

der Goldschmiedewerkstatt ein gediegener Zeichenunterricht erteilt wurde, befindet sich im Kupferstichkabinett des Berliner Museums: es ist eine Federzeichnung vom Jahre 1485 und stellt eine thronende Muttergottes zwischen zwei Engeln dar. Da sehen wir Figuren, die, wie es nicht anders zu erwarten, eine nur unvollkommene Kenntnis des menschlichen Körpers verraten, und Gewänder, die angelernter Formengebung die eckige Scharfeckigkeit des Faltenwurfs zeigen, die spätgotischen Kunst Oberdeutschlands war und die nicht nur mit der Vorliebe für leichte Samtgewebe zusammenhing, sondern auch mit der tonangebenden Stellung der Holzschnitzerei in

der bildenden Kunst. Zugleich aber zeigt sich in dem Aufbau der Komposition neben einer liebenswürdigen kindlichen Schlichtheit ein feiner Sinn für Raumausfüllung und abgewogene Verteilung der Massen, und vor allem erfreut den Beschauer eine Herzlichkeit und Innigkeit der Empfindung, die vollkommen künstlerisch ist. Und die zarten und doch schon so sicheren Striche, mit denen der Knabe gezeichnet hat, lassen die martige Festigkeit der Hand des Mannes vorausahnen (Abb. 4).

Am 30. November 1486 kam Albrecht Dürer zu Michael Wolgemut in die Lehre; auf drei Jahre ward die Zeit bemessen, die er hier „dienen" sollte. — Aus dieser Lehrzeit Dürers stammt ein Bildnis seines Vaters, das in der Uffiziengalerie zu Florenz bewahrt wird (Abb. 5). Schon in diesem frühen Werk gibt sich der junge Künstler als ein Meister der Bildnismalerei zu erkennen. Die ernsten, klugen Züge des Mannes, auf dessen frommen Sinn der Rosenkranz in seinen Händen hinweist, sind mit großer Lebendigkeit und Feinheit aufgefaßt; man sieht, das Bild muß sprechend ähnlich gewesen sein. Den liebevollen Fleiß, den der junge Maler auf die Ausführung dieses ersten Bildnisses verwendet hat, kann man in dem jetzigen Zustande des Gemäldes nur noch ahnen. Denn dasselbe war sehr schlecht erhalten und ist deswegen einer Überarbeitung unterworfen worden; dabei hat alles ein derberes Aussehen bekommen, als es noch vor wenigen Jahren — vor der Überarbeitung — der Fall war; namentlich erscheint das Gesicht durch die Vergrößerung der Züge jetzt älter, als in dem früheren Zustand. Auf diesem Bilde erscheint zum erstenmal das bekannte Monogramm Albrecht Dürers, welches er zeitlebens beibehalten hat. Auf die Rückseite der Holztafel hat Dürer ein

Abb. 1. Marienbild. Federzeichnung von 1485 im königl. Kupferstichkabinett zu Berlin.

Wappen gemalt. Noch stärker durch die Unbilden der Zeit beschädigt, als die Vorderseite, zeigt diese erste Probe von Dürers heraldischem Geschmack in ihrem jetzigen übermalten Zustand kaum noch einen Strich von seiner Hand. Doch bleibt dieselbe sachlich interessant. Es ist ein Ehewappen. Von den beiden unter einem Helm vereinigten Schilden muß demnach der linke — mit einem springenden Widder — derjenige der mütterlichen Vorfahren Dürers sein; der rechte Schild, derjenige der Familie Dürer, zeigt als sogenanntes redendes, das heißt aus dem Namen hergeleitetes Wappen eine geöffnete Thüre (Abb. 6).

Als Albrecht ausgedient hatte, schickte ihn sein Vater auf die Wanderschaft. Nach Ostern 1490 zog er aus und sah sich vier Jahre lang in der Welt um. In Kolmar und in Basel ward er von den Brüdern des kürzlich verstorbenen Martin Schongauer freundlich aufgenommen. Von dort aus scheint er die Alpen durchwandert zu haben und bis nach Venedig gekommen zu sein. Unterwegs hielt er manches Landschaftsbild fest, und zwar bisweilen in sorgfältigster Ausführung mit Wasserfarben. Dürer war vielleicht der erste Maler, welcher die selbständige Bedeutung der Landschaft und die Poesie der landschaftlichen Stimmung er-

1*

A. Dürers Vater. Gemälde von 1490 in der Uffiziengalerie zu Florenz.
Nach einer Photographie von Giacomo Brogi in Florenz.

faßte. Dabei wußte er die Formen und
die Farben der Natur mit unbedingter Treue
wiederzugeben. Manche seiner früheren und
späteren Studienblätter aus der Fremde und
aus der Heimat sind Landschaftsbilder im
allermodernsten und allerrealistischsten Sinne
(Abb. 7).

Neben vielerlei Studien und Entwürfen
hat sich aus Dürers Wanderzeit auch ein
sorgfältig in Öl gemaltes Selbstbildnis vom
Jahre 1493 erhalten (in einer Privatsammlung in Leipzig). Goethe hat dasselbe
beschrieben mit den Worten: „Unschätzbar
hielt ich Albrecht Dürers Porträt, von ihm
selbst gemalt mit der Jahrzahl 1493, also
in seinem zweiundzwanzigsten Jahre, halbe
Lebensgröße, Brustftück, zwei Hände, die
Ellenbogen abgestutzt, purpurrotes Mützchen
mit kurzen schmalen Nesteln, Hals bis unter
die Schlüsselbeine bloß, am Hemde gestickter
Obersaum, die Falten der Ärmel mit pfirsich-
roten Bändern unterbunden, blaugrauer mit
gelben Schnüren verbrämter Überwurf, wie

sich ein feiner Jüngling gar zierlich heraus-
geputzt hätte, in der Hand bedeutsam ein
blaublühendes Eryngium, im deutschen Man-
nestreue genannt, ein ernstes Jünglings-
gesicht, keimende Barthaare um Mund und
Kinn, das Ganze herrlich gezeichnet, reich
und unschuldig, harmonisch in seinen Teilen,
von der höchsten Ausführung, vollkommen
Dürers würdig, obgleich mit sehr dünner
Farbe gemalt." „Mein Sach die geht, wie
es oben steht", ist mit zierlichen Lettern in
den Hintergrund geschrieben (Abb. 8).

Als Dürer nach Pfingsten des Jahres
1494 heimkam, hatte ihm sein Vater bereits
die Braut geworben. Es war Agnes Frey,
die Tochter eines kunstreichen Mannes, der
„in allen Dingen erfahren" war, aus an-
gesehenem Geschlecht. Schon am 14. Juli
desselben Jahres fand die Hochzeit statt.

Man möchte denken, daß Dürer sich be-
eilt hätte, die Züge seiner jungen Gattin,
die als schön galt, in einem Bilde festzulegen.
Erhalten hat sich aber aus der ersten Zeit

Abb. 6. Ehewappen von Dürers Eltern. Auf die Rückseite des in Abb. 5 wiedergegebenen Bildes gemalt.
Nach einer Photographie von Giacomo Brogi in Florenz.

... Sie nur eine ganz flüchtige Federzeich-
... in der Albertina, die nicht als Bildnis, sondern mehr als Scherz aufgefaßt, die
Frau in halber Figur zeigt, wie sie,
auf den Tisch gestütztem Arm, das
... auf die Hand gelehnt, eben im Begriff
... anzunicken. „Mein Agnues" hat Dürer
... geschrieben. Wie Frau Agnes, die
... in der Hausschürze und mit unbedecktem,
nicht ganz in Ordnung gehaltenem Haar
erscheint, in ihren guten Kleidern aussieht,
mag man wohl berechtigt sein, aus drei eben-

Dürers Ehe blieb kinderlos. Dennoch
hatte er bald für den Unterhalt einer größeren
Familie zu sorgen. Im Jahre 1502 beschloß
Dürers Vater sein Leben; er hatte dasselbe
„mit großer Mühe und schwerer, harter Arbeit
zugebracht." Mit schlichten, herzlichen Worten
hat Dürer in seinen Aufzeichnungen das Andenken des Mannes geehrt, der ihn von
frühester Kindheit an zu Frömmigkeit und
Rechtschaffenheit erzogen hatte. Nach des
Vaters Tode nun lag dem jungen Meister
nicht nur für die zärtlich geliebte Mutter,

Abb. 7. Die Trachtziehmühle. Naturaufnahme in Wasserfarben. Im königl. Kupferstichkabinett zu Berlin.

falls in der Albertina befindlichen Trachten-
bildchen zu entnehmen, aquarellierten Federzeichnungen, die Dürer im Jahre 1500 ausführte und mit den Beischriften versah:
„Also geht man in Häusern zu Nürnberg",
„Also geht man in Nürnberg in die Kirchen"
und „Also gehen die Nürnberger Frauen
zum Tanz." Ein wirkliches Bildnis der
„Frau Dürerin" hat Dürer im Jahre
1514 mit dem Silberstift gezeichnet. Das-
... sich, leider sehr verwischt, in
... sammlung zu Braunschweig. Da
... der großen Haube ein nicht
... charakteristisches ausgestattetes, aber
... schöneres Gesicht.

die er zu sich nahm, sondern auch für eine
Schar von jüngeren Geschwistern die Sorge
ob. Dem Anschein nach waren seine Ver-
mögensverhältnisse eine Zeitlang keineswegs
glänzend; durch seine unermüdliche Arbeitskraft aber und durch seine rastlose Thätigkeit brachte er es nach und nach zu einer
ganz ansehnlichen Wohlhabenheit.

Bald nach der Verheiratung eröffnete
Dürer eine selbständige Werkstatt. Dazu
bedurfte es weder eines Meisterstücks noch
sonstiger Förmlichkeiten. Denn in Nürnberg galt, im Gegensatz zu den übrigen
Städten Deutschlands, die Malerei als eine
freie Kunst, die keinen zünftigen Ordnungen

Abb. 8. Dürers Selbstbildnis vom Jahre 1493. Ölgemälde im Privatbesitz in Leipzig.

unterworfen war. Das kam auch der Stellung eines Malers, der in Wahrheit ein Künstler war, zu gute: Albrecht Dürer ist niemals als Handwerksmeister betrachtet worden. Die ersten größeren Aufträge freilich, die dem jungen Künstler zu teil wurden, Altarwerke und Gedächtnistafeln, mußten in der üblichen Weise mit Hilfe von Gesellen hergestellt werden. Doch auch in diesen Arbeiten offenbarte sich deutlich die schöpferische Kraft des Meisters und seine sichere Beherrschung der Form, und unverkennbar prägte er manchem der Bilder die Züge der eigenen Künstlerhand auf.

In Dürers künstlerischem Wesen treten zwei Grundzüge hervor, der wissenschaftliche und der phantastische. Dürer erklärte den

Wissenstrieb für die einzige unter den begehrenden und wirkenden Kräften des Gemüts, welche niemals befriedigt und übersättigt werden könnte. So trat er auch seiner Kunst als Forscher entgegen. Er wollte erkennen, um sich immer mehr vervollkommnen zu können. Das Suchen nach dem Wesen der Schönheit führte ihn zwar zu dem echt künstlerischen Bekenntnis: „Die Schönheit, was das ist, das weiß ich nicht.“ Aber von seiner Jugend an bis ins Alter ließ er nicht ab, mit Zirkel und Maßstab die Gestalt des Menschen und des nächstschönen Geschöpfes, des Pferdes, zu untersuchen, um, wenn sich auch die Schönheit mit Maß und Zahl nicht fassen ließ, so doch die Gesetzmäßigkeit, auf der die Harmonie der Erscheinung beruhen

Abb. 9. Mutmaßliches Bildnis Friedrichs des Weisen, Kurfürsten
von Sachsen; mit Wasserfarben gemalt. Im königl. Museum zu Berlin.
Nach einer Photographie von Franz Hanfstängl in München.

am besten die ganze Hoheit seiner Kunstanschauung: „Wahrhaftig steckt die Kunst in der Natur: wer sie heraus kann reißen, der hat sie." Niemand solle glauben, führt Dürer den Gedanken weiter aus, daß er etwas besser machen könne, als wie es Gott geschaffen habe. Nimmermehr könne ein Mensch aus eigenen Sinnen ein schönes Bild machen; wenn aber einer durch vieles Nachbilden der Natur sein Gemüt voll gefaßt habe, so besame sich die Kunst und erwachse und bringe ihres Geschlechtes Früchte hervor: „daraus wird der versammelte heimliche Schatz des Herzens offenbar durch das Werk und die neue Kreatur, die einer in seinem Herzen schafft, in der Gestalt eines Dinges." — Schon in seinen Jugendarbeiten hat Dürer gezeigt, einen wie reichen Schatz er in seinem Herzen versammelt hatte. — Das älteste erhaltene Altarwerk aus Dürers Werkstatt befindet sich in der Dresdener Gemäldegalerie. Dasselbe besteht aus drei mit Temperafarben auf Leinwand gemalten Bildern, und zeigt uns in der Mitte die Muttergottes, auf den Flügeln die Heiligen Antonius und Sebastian. Dürers eigenhändige Arbeit blickt hier überall durch, und sein erfindender Geist waltet sichtbar in der kleinsten Einzelheit. Die drei Bilder bringen schon in der Auffassung ganz Neues, sind unabhängig von jeder früheren Art und Weise, die hier gegebenen Gegenstände zu behandeln. Auf dem Mittelbild sehen wir die Jungfrau Maria, in weniger als halber Figur, hinter einer Brüstung, auf welcher das Jesuskind schlafend auf einem

mußte, zu ergründen. Zum Ausgleich war ihm neben dem grübelnden Verstand eine kühn umherschweifende Phantasie gegeben. Während jener das Gesetzmäßige suchte, liebte diese das Ungewöhnliche und Seltsame; sie reizte ihn, Erscheinungen, welche die Träume ihm vortäuschten, in Form zu kleiden. Forschungstrieb und Einbildungskraft, beide ließen ihn als beste Lehrmeisterin der Kunst die Natur entdecken. Das war der große Schritt, der Dürers Kunst von derjenigen seiner Vorgänger scheidet. Dürer umfing die Natur mit Liebe. Er wußte das Sichtbare mit der denkbar größten Unmittelbarkeit aufzufassen. Aber bei der höheren Naturtreue opferte er auch nicht das einzige von jenen künstlerischen Absichten. Seine eigenen Worte kennzeichnen

Abb. 10. Der h. Antonius der Einsiedler und der h. Sebastian. Flügelgemälde des Altarwerkes in der
königl. Gemäldegalerie zu Dresden.

Nach einer Aufnahme von Ad. Braun & Co., Braun, Clément & Cie. Nachf., in Dornach i. Elf. und Paris.

Kissen ruht. Sie hat in einem Gebetbuch gelesen, welches aufgeschlagen auf einem kleinen Pult an dem einen Ende der Brüstung liegt, und wendet sich jetzt nach dem Kinde hin, an das sie mit gefalteten Händen die Fortsetzung ihres Gebetes richtet. Über ihr schweben kleine Englein und schwingen Weihrauchfässer, deren aufsteigender Dampf nach alter kirchlicher Symbolik das Gott wohlgefällige Gebet bedeutet. Zwei andere Englein halten über dem Kopf der Jungfrau eine prächtige Krone. Wieder andere der kleinen Engeltinder sind herabgestiegen auf den Boden des Gemaches, dessen Raum den Hintergrund bildet, und machen sich hier und in der in einem Durchblick sichtbaren Werkstatt Josephs durch häusliche Verrichtungen nützlich. Eines der kleinen

Abb. 11. Die Fürlegerin. Wahrscheinlich als Studie zu einem Marienbild gemaltes Bildnis aus dem Jahre 1497. In der Gemäldegalerie zu Augsburg.

Wesen weht mit einem Wedel die Fliegen vom Antlitz des schlummernden Jesus. Das ist alles überaus liebenswürdig empfunden, und ein unendlicher Fleiß der Ausführung erstreckt sich von dem erkennbaren Bilderschmuck des Gebetbuchs im Vordergrund bis zu den winzigen Figuren, die man ganz fern auf der durch das Fenster des Gemaches sichtbaren Straße gewahrt. Künstlerisch aber noch bedeutender als das Mittelbild sind die schmalen Flügelgemälde, welche die beiden Heiligen ebenfalls als Halbfiguren hinter Brüstungen zeigen mit kleinen Englein, die ihre Häupter umschweben (Abb. 10). Der heilige Einsiedler Antonius ist ein ruhiger Greis; er hält die trockenen, knochigen Hände auf das Betrachtungsbuch gelegt

und läßt sich nicht mehr ängstigen durch die unholden Teufelsfraßen, die seinen Kopf umschwirren und um deren Verscheuchung die kleinen Engel sich bemühen. Bei dem heiligen Sebastian ist die Jugendlichkeit ebenso vollkommen durchgeführt, wie bei dem Einsiedler die Altehrwürdigkeit: sie spricht aus den weichen Formen des Kopfes, dem lockigen Geringel der Haare und den kraftgefüllten Muskeln des entblößten Körpers, wie aus dem lebhaften Ausdruck des Betenden und selbst seiner Art und Weise, die Hände zu falten. Von den munter flatternden Englein sind einige damit beschäftigt, ein Purpurgewand um die nackten Schultern des Glaubenszeugen zu legen, zwei andere, von denen

Abb. 12. Dürers Vater. Kohlenzeichnung im British Museum zu London.

eines ein Bündel Pfeile als Zeugnis von dessen Martertod unter dem Arm trägt, halten einen goldenen Reif, die Krone der Heiligkeit, für ihn in Bereitschaft. Auch bei dem heiligen Antonius trägt einer der Engel ein solches schmales Diadem herbei. Durch diese Reifen und die entsprechende Königskrone im Mittelbilde hat Dürer die sonst gebräuchlichen Heiligenscheine ersetzt, deren Anbringung ihm wohl nicht recht vereinbar erschien mit der aufrichtigen Naturwahrheit, mit der er seine Gestalten durchbildete. Das Streben nach möglichst vollkommener Naturwahrheit — nach innerer im Charakter und Ausdruck der Personen, und nach äußerer in der Form, spricht sich in diesen Bildern schon sehr deutlich aus. Unverhüllte Körperformen von so durchgearbeiteter schöner Naturtreue wie der Oberkörper dieses Sebastian waren bis dahin in Deutschland noch nicht gemalt worden. — Das Dresdener Altarwerk stammt aus der Schloßkirche zu Wittenberg. Es unter-

liegt wohl keinem Zweifel, daß dasselbe zufolge einer Bestellung des Kurfürsten Friedrich von Sachsen ausgeführt worden ist, der sich zwischen 1494 und 1501 wiederholt in Nürnberg aufhielt und für den Dürer mehrfach thätig war. — Mehrere um diese Zeit oder wenig später unter Dürers Leitung und nach seinen Entwürfen angefertigte Altargemälde und Einzeltafeln lassen die Hand von Gehilfen recht deutlich erkennen. Aus anderen hinwiederum spricht mit voller Kraft des Meisters begnadete Eigenart und seine packende, über jeden Wechsel des Zeitgeschmacks triumphierende Wahrhaftigkeit der Darstellungsweise. Vor allem gilt dies von einem in der Alten Pinakothek zu München befindlichen, wiederum aus einem Mittelbild mit zwei Flügeln bestehenden Altarwerk, welches, weil es im Auftrage von Mitgliedern der Nürnberger Familie Paumgärtner gemalt worden ist, als der Paumgärtnersche Altar bezeichnet zu werden pflegt (Abb. 18—20). Die Mitteltafel dieses Werkes zeigt die Geburt Christi. Wir blicken in das Innere einer malerischen Ruine, deren Säulen und Bogen dem romanischen Stil angehören; das ist sehr bezeichnend für die Renaissance, die das Alte aufsuchte und nachbildete, während sich die mittelalterliche Kunst bei der Darstellung von Architekturen stets aufs genaueste nach dem jedesmaligen Baustil der Zeit richtete; Werke des Altertums hatte Dürer ja noch nicht kennen gelernt, und so äußerte der Zug der Zeit sich bei ihm darin, daß er anstatt des Antiken das Altertümlichste, was ihm zugänglich war, also Romanisches, zur Darstellung brachte. Die Ruine dient als Stall. Dem Seitenraum, welcher Ochs und Esel beherbergt, ist ein Bretterdach vorgebaut, und unter diesem liegt das neugeborene Knäblein, von kindlich sich freuenden Engeln umgeben. Maria betrachtet knieend ihr Kind in freudiger Erregung. Joseph kniet ergriffen und bewegt an der anderen Seite des Kindes, außerhalb des Schutzdaches nieder. Von draußen herein kommen schon einige Hirten,

Abb. 13. Dürers Selbstbildnis von 1498. In der Uffiziengalerie zu Florenz.
Nach einer Photographie von Giacomo Brogi in Florenz.

deren der Engel, den man noch in den Lüften schweben sieht, die Botschaft verkündet hat (Abb. 20). Das Schönste aber an dem Baumgärtnerschen Altar sind die beiden Flügelbilder: auf jedem derselben erblicken wir die lebensvolle Prachtgestalt eines geharnischten Kriegers, der in wilder Landschaft neben seinem Rosse steht. Vermutlich führen uns diese Männer mit ihren scharf ausgeprägten bildnismäßigen Gesichtern die Stifter des Altarwerks vor. Man pflegt den vom Mittelbild rechts stehenden als Lukas Baumgärtner, den anderen als dessen Bruder Stephan zu bezeichnen. Es war ja nicht ungebräuchlich, daß die Stifter eines Altars ihre Bildnisse auf demselben anbringen ließen. Und sich in Kriegskleidung darstellen zu lassen, dazu könnten die Baumgärtner ja irgend eine besondere Veranlassung gehabt haben. Aber es widerspricht der kirchlichen Gepflogenheit und dem natürlichen Gefühl, daß in Stifterbildnissen als solchen die irdischen Persönlichkeiten anders als in der durch die Zusammenstellung mit dem Göttlichen gebotenen Haltung der Verehrung und Anbetung abgebildet worden wären. Deswegen muß man annehmen, daß die beiden Geharnischten, auch wenn sie die Züge der Baumgärtner tragen, zugleich zwei ritterliche Heilige — etwa Georgius und Eustachius — vorstellen. Das Fehlen des Heiligenscheins ist kein Gegengrund gegen diese Annahme. Denn Dürer hat dieses herkömmliche Zeichen der Heiligkeit in seinen ausgeführten Gemälden immer weggelassen. Mit der vollkräftigen Wirklichkeitstreue, in der er seine Gestalten und deren Umgebung malte, vertrug sich selbst der leichte goldene Strahlenschein nicht, den die van Eyckische Schule an Stelle des mittelalterlichen Nimbus eingeführt hatte.

Zwei einzelne Altartafeln, die zwar überwiegend von Schülerhand ausgeführt, aber als Kompositionen bedeutsame Werke des Meisters sind, die eine mit der Jahreszahl 1500 bezeichnet, die andere augenscheinlich zu derselben Zeit entstanden, stellen die Beweinung des Leichnams Christi dar. Das eine dieser beiden Bilder, in der Münchener Pinakothek befindlich, führt uns an den Fuß des Kreuzes. Der in ein Leintuch gebettete heilige Leichnam ist eben auf den Boden gelegt worden: Joseph von Arimathia hält den Kopf und Oberkörper desselben empor-

gerichtet, während Nikodemus, mit einem großen Gefäß Spezereien im Arm, das Leintuch am Fußende gefaßt hat. Neben Nikodemus steht eine der Marien, tief eingehüllt in einen dunklen Mantel, mit einem zweiten Salbengefäß. Die übrigen Frauen haben sich neben dem Toten auf den Boden niedergelassen; zwischen zwei wehklagenden Matronen ringt die Mutter Maria in lautlosem Schmerz die Hände; Maria Magdalena hält liebkosend die schlaffe Rechte des Leichnams gefaßt. Der Jünger Johannes ist ehrerbietig hinter die Frauen zurückgetreten; er blickt mit gefalteten Händen zur Seite, ins Leere. In der Ferne sieht man in hellem Abendlicht unter einer dunklen Wolke die Stadt und Burg von Jerusalem mit darüber emporsteigendem felsigen Gebirge. Das Bild als Ganzes fesselt gleich beim ersten Anblick den Beschauer durch die wunderbare Freiheit und Natürlichkeit der doch so sorgfältig abgewogenen Komposition, und je länger man dasselbe eingehend betrachtet, um so ergreifender spricht aus demselben die tiefempfundene Klage (Abb. 21). Das andere Gemälde ist diesem in der Stimmung sehr ähnlich. Es wurde im Auftrage der Familie Holzschuher gemalt und befindet sich jetzt im Germanischen Museum zu Nürnberg. Der Schauplatz des Vorgangs ist hier vor die Öffnung der Grabeshöhle verlegt; es ist der Augenblick einer kurzen letzten Rast auf dem Wege von Golgatha, das man in der Ferne sieht, zur Gruft. Die Stifterfamilie ist nach einem der älteren Kunst sehr geläufigen, bei Dürer sonst nicht mehr vorkommenden Gebrauch am unteren Rande des Bildes in ganz kleinen Figuren, welche im Gebete knieen, abgebildet.

Die Aufgabe der Malerei begrenzt Dürer im Sinne seiner Zeit folgendermaßen: „Die Kunst des Malens wird gebraucht im Dienst der Kirche ... behält auch die Gestalt der Menschen nach ihrem Absterben." Die Gemälde sollen also entweder Andachtsbilder oder Bildnisse sein. Doch hat er sich im Jahre 1500 auch einmal auf dem der Kunst des Nordens bisher fast völlig fremden Gebiete der Mythologie versucht, mit einer Darstellung des Herkules, der die stymphalischen Vögel tötet (im Germanischen Museum zu Nürnberg). Dieses mit dünnen Farben auf Leinwand gemalte Bild ist sehr beachtenswert als ein Zeugnis von der eingehenden Gewissenhaftigkeit, mit der Dürer den mensch-

Abb. 11. Aus dem Holzschnittwerk „Die heimliche Offenbarung Johannis" (1498): Johannes vor dem Angesicht Gottes (Apol. 1, 12—17).

Abb. 15. Dürer aus Holzschnittwerk „Die heimliche Offenbarung Johannis" (1498): Die vier Reiter (Apok. 6, 2—8).

Abb. 16. Aus dem Holzschnittwerk „Die heimliche Offenbarung Johannis" (1498): Das Blasen der sechsten Posaune Apof. 9, 13—19.

lichen Körper kennen zu lernen sich bemühte. In Bezug auf diese Kenntnis steht Dürer unendlich hoch über all seinen Vorgängern in Deutschland. Das beweisen schon die Christuskörper auf den beiden vorerwähnten Gemälden. Hier aber hat er sich die Aufgabe gestellt, das Spiel der Muskeln in einer lebhaften Bewegung zu erfassen und wiederzugeben. Bemerkenswert ist auch die schöne Landschaft mit den großen Linien von Berg und See: ähnliche Formen mag Dürer wohl auf seiner Wanderschaft am Südfuß der Alpen gesehen haben (Abb. 23). Viel bedeutender aber als dieses Bild, das übrigens durch schlechte Behandlung sehr gelitten hat, sind die Bildnisse, welche Dürer neben seinen Altarwerken in jener Zeit malte. Ein in das Berliner Museum gelangtes Bild eines Mannes in reicher Kleidung, mit Temperafarben gemalt, wird mit großer Wahrscheinlichkeit als das Porträt des Kurfürsten Friedrich (des Weisen) von Sachsen angesehen. Wenn diese Annahme zutrifft, so würde es wohl gleichzeitig mit dem Dresdener Altarwerk entstanden sein, und dieser fürstliche Gönner wäre vielleicht der erste gewesen, der bei Dürer ein Bildnis bestellte (Abb. 9). Das Bild eines bedeutenden Mädchens mit prächtigem aufgelösten Goldhaar, über dem auf Stirn und Scheitel ein ganz dünner, durchsichtiger Schleier liegt, in der Gemäldegalerie zu Augsburg, gilt für das Porträt einer Tochter der Nürnberger Familie Fürleger. Dieses holdselige Mädchenbild, das wie eine Naturstudie zu einer Madonna aussieht, zeigt uns, daß Dürers scharfer Blick für das Charakteristische auch den Zauber weiblicher Anmut und zarter Jungfräulichkeit im innersten Wesen zu erfassen wußte (Abb. 11). Ein aus dem nämlichen Jahre 1497, dem die „Fürlegerin" angehört, stammendes Bildnis von Dürers Vater befindet sich im Besitze des Herzogs von Northumberland; vielleicht ist die schöne Kohlenzeichnung, welche das Britische Museum bewahrt als die Vorzeichnung zu demselben anzusehen (Abb. 12). In Ermangelung von Bildnisaufträgen ließ sich Dürer, nachdem er den Vater gemalt hatte, wieder selbst Modell. Die dunkelblonden Locken wallten ihm jetzt in reicher Fülle auf die Schultern herab, in seinen Zügen lag ein über seine Jahre hinausgehender Ernst. So zeigt er sich in dem im Pradomuseum zu

Madrid befindlichen Gemälde, in schwarz und weißer Kleidung von ausgesuchtem modischen Schnitt, mit einem fast schwermütig zu nennenden Ausdruck um Mund und Augen. Das Bild ist mit der Jahreszahl 1498 und den Worten:

„Das malt Ich nach meiner gestalt
Ich war sex und zwanzig Jar alt
            Albrecht Dürer"

und darunter noch mit dem Monogramm bezeichnet. Eine Wiederholung desselben, in welcher der Ausdruck des Kopfes etwas abgeschwächt und die Züge ruhiger und heiterer gehalten sind, befindet sich in der Sammlung von Malerbildnissen in der Uffiziengalerie zu Florenz (Abb. 13). Das folgende Jahr brachte Bestellungen aus den Kreisen der Nürnberger Bürgerschaft. Das prächtige Bildnis des Oswald Krell, in der Münchener Pinakothek (Abb. 17) und das kleine, augenscheinlich mit geringerem Interesse gemalte Brustbild der Frau Elsbeth Tucher, in der Gemäldegalerie zu Kassel, tragen die Jahreszahl 1499. Im Jahre 1500 malte Dürer das bekannteste und schönste seiner Selbstbildnisse, das sich (in leider nicht ganz unversehrtem Zustande) in der Pinakothek zu München befindet: in gerader Vorderansicht, das edle Antlitz von einer noch stärker gewordenen Fülle wohlgepflegter Locken umrahmt, mit ruhigem Ausdruck und mit klar beobachtendem Blick aus den glänzenden, offenen Augen (Abb. 22).

Dasjenige aber, wodurch Albrecht Dürer schon in jungen Jahren zu einem weltbekannten Manne wurde, waren weder seine Kirchengemälde noch seine Bildnisse, sondern ein Holzschnittwerk. Gemälde hafteten an ihren Plätzen auf den Altären der Kirchen oder in den Wohnungen der Besteller. Es war immer nur ein mehr oder weniger eng begrenzter Kreis von Menschen, der dieselben zu Gesicht bekam. Holzschnitte aber, dank der Billigkeit ihrer Druckherstellung zu einem äußerst niedrigen Preise vertrieben werden konnten, gingen als „fliegende Blätter" in alle Welt hinaus. Durch diese wurde in jener Zeit mehr noch als durch das gedruckte Wort Tausenden und aber Tausenden eine begierig aufgenommene geistige Nahrung zugeführt. Im Jahre 1498 gab Dürer die Geheime Offenbarung des Evangelisten Johannes mit lateinischem und deutschem Text und fünfzehn Holzschnitten von sehr großem

OSWOLT·KREL

1499

Abb. 17. Bildnis des Oswald Krell. Ölgemälde von 1499 in der königl. Pinakothek in München. Nach einer Photographie von Franz Hanfstängl in München.

Abb. 18. Flügelbild vom Baumgärtnerschen Altar (mutmaßliches Bildnis des Lukas Baumgärtner in der königl. Pinakothek zu München.

Nach einer Photographie von Franz Hanfstängl in München.

ichuf er eine Verbildlichung der dunkelen Seherworte des Evangelisten, wie sie so künstlerisch und gehaltreich die Welt noch nicht gesehen und nicht geahnt hatte. Sein Werk war etwas ganz Neues, eine Offenbarung der Kunst. Auch heute noch können diese urwüchsigen, kraft- und geistvollen Bilder ihre Wirkung niemals verfehlen. Derjenige müßte wahrlich ein ganzer Barbar sein, der bei diesen Meisterwerken großartiger Erfindung Ungenauigkeiten und Härten der Zeichnung kleinlich bemängeln wollte, anstatt sich hinreißen zu lassen von der Wucht der urgewaltigen Kompositionen. Gewiß fehlt es nicht an Härten und an Verstößen gegen die äußerliche sogenannte Richtigkeit, und oberflächliche Schönheit der Gestalten war niemals ein Endziel von Dürers künstlerischen Bestrebungen. Dürer bediente sich, um auszusprechen, was er zu sagen hatte, der Formensprache, die er erlernt hatte, der Formensprache seiner Zeit. Diese Formensprache berührt den heutigen Menschen, der an eine andere künstlerische Ausdrucksweise gewöhnt ist, anfangs befremdlich, ebenso wie die Schriftsprache jener Zeit. Sie befremdet in dem Holzschnittzeichnungen in stärkerem Maße, da Dürer hier für die große Menge deutlich

Format 28 zu 39 Centimeter heraus. Er kam mit der Wahl dieses Stoffes der Stimmung der Zeit entgegen. Die erregten Gemüter des noch unklar nach Neuem ringenden, mit sich selbst im Zwiespalt liegenden Zeitalters vertieften sich mit besonderer Vorliebe in die geheimnisvollen und so verschiedenartig ausgelegten Weissagungen der Apokalypse. Ihm aber, dem von Schaffensdrang erfüllten Künstler bot sich hier das ... für seine unerschöpfliche Einbildungskraft. Der Zeichner mußte den phantastischen Gesichten des Verfassers mit gleich kühnem Fluge der Phantasie zu folgen. So verständlich sein wollte, und da er, damit das Charakteristische nicht unter dem Messer des Holzschneiders verwischt werde, die kräftigste, härteste Kennzeichnung anstreben mußte, während in seinen Gemälden das Studium des Naturwirklichen seiner künstlerischen Sprache Wendungen verleiht, die sie der heutigen, wieder auf die Natur zurückkehrenden Ausdrucksweise näher bringt. Aber jedermann, der sich die Mühe gibt, kann Dürers Formensprache erlernen. Namentlich für uns Deutsche ist es nicht so schwer, wie es vielleicht anfangs manchem scheint: denn jeder Strich, den Dürer gezeichnet hat, ist deutsch. Wer sich in die Blätter der Apokalypse, die, wenn auch in Originaldrucken nicht mehr allzu häufig, so doch in verschiedenen, durch die technischen Mittel der Gegenwart mit vollkommener Treue wiedergegebenen Nachbildungen überall zugänglich sind, ernstlich vertieft, der wird bei jeder Betrachtung neue künstlerische Schönheiten entdecken und neuen Genuß aus denselben ziehen. Überall sehen wir hier die tiefsten Gedanken mit packender Kraft zum Ausdruck gebracht, mag nun die Darstellung nur aus wenigen Figuren bestehen oder mögen zahllose Figuren die Bildfläche füllen; mag der Jubel der Seligen geschildert sein oder grauser Schrecken. Das erste Blatt der Folge dient als Einleitung und beschäftigt sich mit der Person des Verfassers der geheimen Offenbarung: es zeigt den Evangelisten Johannes, wie er, nach der Erzählung einer Legende, unter dem Kaiser Domitian mit siedendem Öl gepeinigt wird, ohne Schaden zu nehmen. Dann beginnt die Reihe der apokalyptischen Bilder mit der Erscheinung Gottes vor dem Evangelisten (Abb. 14). Wie großartig ist hier allein schon die Entrückung aus aller Erdennähe angedeutet durch einen Wolkenraum, der die Vorstellung des Unbegrenzten erweckt! In dem Wolkenmeere thront der Herr, von sieben goldenen Leuchtern umgeben, und Johannes ist bei seinem Anblick ihm zu Füßen niedergefallen und vernimmt mit gefalteten Händen seine Worte. Die Erscheinung Gottes ist im engsten Anschluß an die Worte des Textes dargestellt: Sonnenstrahlen umgeben sein Haupt, Feuerflammen lohen aus den Augen, ein Schwert geht von seinem Munde aus. Das alles wirkt so gewaltig, daß das Befremdliche hinter dem Großartigen des Eindrucks verschwindet. Dürers künstlerische Kraft hat auch das für die bildliche Wiedergabe scheinbar ganz Unmögliche

Abb. 19. Flügelbild vom Baumgärtnerschen Altar (mutmaßliches Bildnis des Stephan Baumgärtner) in der königl. Pinakothek zu München.
Nach einer Photographie von Franz Hanfstängl in München.

bewältigt: wie machtvoll blicken die Augen zwischen den nach außen lodernden Flammen heraus, und welche erhabene Größe liegt in der ausgestreckten Rechten, an der sieben flimmernde Sterne haften! — Im folgenden Bild sehen wir über der Erde, die durch eine formenreiche Landschaft angedeutet wird, das geöffnete Himmelsthor. Im Wolkenringe, aus dem Blitzesflammen hervorbrechen, zwischen denen blasende Köpfe die Stimmen des Donners versinnbildlichen, sitzen die vierundzwanzig Ältesten mit Kronen und Harfen. Innerhalb des von ihnen gebildeten Kreises erscheint in der Höhe der Herr auf dem

Abb. 21. Die Kreuzabnahme. Ölgemälde von 1500 in der königl. Pinakothek zu München.
Nach einer Photographie von Franz Hanfstängl in München.

vom Regenbogen umzogenen Thron, umgeben von den sieben Lampen und den vier lebenden Wesen. Ein Engel fliegt vor seinen Füßen herab, um zu fragen, wer das Buch mit sieben Siegeln, das auf dem Schoße Gottes liegt, zu öffnen würdig sei: und Johannes, der an der tiefsten Stelle des Weltenringes kniet, erhält von dem ihm zunächst befindlichen Ältesten die Antwort auf diese Frage: schon hebt das Lamm Gottes sich auf der Stufe des Thrones empor, um das Buch zu öffnen. — Das nächste Blatt, das zu allen Zeiten am meisten bewunderte der ganzen Folge, verbildlicht, was bei der Eröffnung der vier ersten Siegel sich dem Seher zeigt (Abb. 15). In sturmbewegten, von Feuerstrahlen durchzuckten Wolkenmassen stürmen die verderbenbringenden Reiter einher. Der gekrönte Reiter mit dem Bogen, der mit dem Schwerte und der mit der Wage erscheinen wie sieggewohnte Krieger auf wilden, mächtigen Rossen, unter deren Hufen die Menschen zu Haufen stürzen. Als eine unheimliche geisvenitische Erscheinung galoppiert der vierte auf magerem Klepper in ihrer Reihe, der Tod. „Und das Totenreich folgte ihm nach" das ist angedeutet durch den geöffneten Höllenrachen, der eben einen Gewaltigen der Erde verschlingt. Das Grauen des Unabwendbaren ist in dieser Komposition mit einer Wucht zum Ausdruck gebracht, der sich kaum etwas Ähnliches in der bildenden Kunst aller Zeiten zur Seite stellen läßt. — Es folgt die Öffnung des fünften und sechsten Siegels. Oben in der Wolkenhöhe werden an einem Altar die Blutzeugen durch Engel mit weißen Gewändern bekleidet. Darunter sieht man Sonne und Mond, nach mittelalterlicher Weise mit Gesichtern: diese Darstellungsweise entspricht sonst dem Wesen Dürers nicht, aber hier hat sie ihre Bedeutung: die Himmelslichter blicken mit Grauen und Entsetzen auf die Erde hinab. Der die Erde berührende Himmelssaum rollt sich zusammen, daß die Wolkenränder wie ein Vorhang nach beiden Seiten auseinander gehen. In dem Zwischenraume fallen die Sterne flammend herab auf die Menschen. Verzweifelt schreien Männer und Weiber: gekrönte Häupter und Geistliche jeden Ranges, vom Papst bis zum Mönch, drängen sich in hilflosen Klumpen zusammen. Alle irdische Macht und Kraft hört auf. Die Schluchten der Erde bieten keinen Schutz: man sieht, wie die Felsen

schwanken. — Wieder eine Komposition von außerordentlicher Größe ist das folgende Bild. In der Höhe fliegt ein Engel, der ein Kreuz, „das Zeichen des lebendigen Gottes" trägt, und gibt den vier Engeln Befehl, die über die Winde Gewalt haben. Diese vier Engel, starkknochige Männergestalten mit mächtigen Schwertern, vernehmen das Gebot; sie wehren den Winden, die als blasende Köpfe von wildem Aussehen in den Wolken umherbrausen. Eine Gruppe schlanker, fruchtbeladener Bäume ragt unbewegt in die sturmdurchtobte Luft. Wie Frieden und Sonnenschein liegt es seitwärts über der Landschaft, wo ein lieblicher Engel einherschreitet, mit einem Schreibrohr das Zeichen des Kreuzes an die Stirnen der in dichter Schar am Boden knieenden Auserwählten malt. — Darauf kommt die Eröffnung des siebenten Siegels. Die sieben Engel haben von Gott ihre sieben Posaunen empfangen, und über die Erde brechen die Schrecken herein, die das Blasen der vier ersten Posaunen begleitet. Hier ist es wieder staunenswürdig, wie der Zeichner es verstanden hat, die verheerenden Ereignisse, welche der Text schildert, in einer ganz unbefangenen, aber sprechend deutlichen Ausdrucksweise zur Anschauung zu bringen. — Es folgt die Darstellung des sechsten Posaunenstoßes und seiner Wirkung. Von den vier Ecken des goldenen Altars, vor dem das Angesicht Gottes steht, ertönt die Stimme, und die vier Engel vom Euphrat, harte, grimmige Gestalten, walten schonungslos ihres Amtes, den dritten Teil der Menschheit zu töten; ihren wuchtigen Schwerthieben erliegen die Mächtigsten wie die Geringen, der gewappnete Krieger wie das junge Weib. Über ihnen saust in den Wolken das Reiterheer heran — wiederum in wortgetreuer Verbildlichung des Textes —, das mit Feuer, Rauch und Schwefel die Menschen tötet (Abb. 16). — Dann kommt ein Bild, das an unbefangener Kühnheit der Darstellung das Äußerste bietet. Der Engel, der mit Wolken bekleidet ist, dessen Gesicht, vom Regenbogen umkrönt, der Sonne gleicht, und dessen Füße feurige Säulen sind, steht mit dem einen Fuß auf dem Meer, mit dem anderen auf der Erde und reicht, während er die Rechte zum Schwur über die Wolken emporhebt, mit der Linken dem Johannes das offene Buch, das dieser auf Geheiß eines

Himmelsboten verschlingt. So befremdlich diese Darstellung erscheint, die seltsame Riesengestalt des Engels ist mit solchem Ernst aufgefaßt, daß auch hier Großartigkeit des Eindrucks erzielt wird. — Das folgende Blatt zeigt den Himmel in freudiger Stimmung. Denn der Sohn des Weibes, das, mit der Sonne bekleidet und mit Sternen bekrönt, auf dem Monde steht, wird von kleinen Engeln zu Gott emporgetragen. Die — Hieran schließt sich die Darstellung, wie Michael und seine Engel mit unwiderstehlicher Kraft den Satan und seine Genossen — grauenvoll phantastisch gestaltete Wesen — hinabwerfen auf die Erde, deren Gefilde ahnungslos in sonnigem Frieden daliegen. Dann erscheint das siebenköpfige Tier auf der Erde, das die Menschen anbeten, und sein Gehilfe, das Tier mit den Lammeshörnern, das Feuer vom Himmel fallen

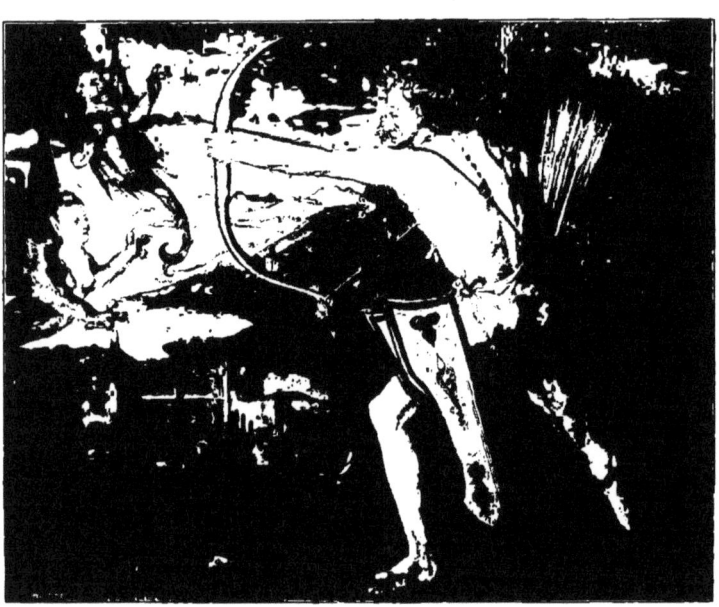

Abb. 23. Herkules bekämpft die stymphalischen Vögel. Mit Wasserfarben ausgeführtes Gemälde von 1500, im Germanischen Museum zu Nürnberg.

Sterne, wie ein Blumenschmuck über den Himmel ausgebreitet, strahlen und funkeln in festlicher Pracht. Dem Weibe gegenüber, dem Adlerflügel gegeben sind zum Entfliehen, kriecht aus der Tiefe der Erde hervor der siebenköpfige Drache, der mit dem Schweif in die Sterne schlägt und einen Wasserstrom ausspeit gegen das Weib. Auch in der Gestalt dieses Drachens offenbart sich Dürers merkwürdige schöpferische Kraft: das greuliche Ungeheuer erscheint in einer, man möchte sagen glaubhaften, lebensvollen Bildung. macht. Aber darüber erscheint im Lichtglanz zwischen den Wolken, von Engeln umgeben, der Herr mit der Sichel. — Im Gegensatz zu der dem Bösen dargebrachten Huldigung zeigt das folgende Bild die endlose Menge der Auserwählten, die dem im Strahlenglanz zwischen den vier lebenden Wesen erscheinenden Lamm lobsingen. — Darauf sehen wir die große Babel, die als geschmücktes Weib auf dem siebenköpfigen Tier sitzt und Fürsten und Völkern den Becher der Verführung entgegenhält, und zugleich das Hereinbrechen

Abb. 24. Die drei Bauern. Kupferstich.

des Strafgerichts: neben dem mächtigen
Engel, der den Mühlstein ins Meer zu
werfen sich anschickt, stürmen himmlische
Kriegerscharen aus den Wolken, und in der
Ferne geht die Stadt Babel in Rauch und
Flammen auf. — Das Schlußbild zeigt den
Engel, der den gefesselten Teufel in den
Abgrund hinabzusteigen zwingt, zu dessen
Thür er den Schlüssel hält. Diese beiden
großen Figuren nehmen den Vordergrund
des prächtigen Blattes ein. Weiter zurück
steht auf waldbekröntem Bergesgipfel Jo-
hannes, und ein Engel zeigt ihm das neue
Jerusalem, das sich reich und prächtig an
einem baumreichen Bergeshang ausdehnt.

Es ist nicht allein die vorher nie dagewesene
und nachher nie übertroffene Größe und
Kühnheit der Erfindung, was Dürers Zeichnungen zur Apokalypse ihre große Bedeutung
giebt. In dem künstlerischen Wert dieser
Blätter kommt die besondere kunstgeschicht-
liche Stellung, die sie einnehmen. Sie bezeichnen den wichtigsten Wendepunkt in der
Geschichte des Holzschnittes. Bisher mußten
die Holzschnitte bemalt werden, um für
feinere Bilder gelten zu können. Dürer

machte seine für den Schnitt bestimmten Zeichnungen so, daß es
keiner derartigen Ergänzung bedurfte: er war der erste, der durch
Anbringen geschlossener Strichlagen
Gegensätze von Hell und Dunkel,
Licht und Schatten in die Holzzeichnungen brachte und durch dieses
bis zu einem gewissen Grade „far-
bige“ Zeichnen eine malerische
Wirkung erreichte, welche die Zu-
hilfenahme von Farben überflüssig
machte. Die Anforderungen an
die ausführenden Formschneider,
welche mit dem Messer seinen
Strichen folgen mußten, so daß
die Striche erhaben über dem
vertieften Grund der Platte stehen
blieben, wurden dadurch allerdings
gewaltig gesteigert. Aber durch
das gewählte sehr große Format
und und durch die ausdrucksvolle
Bestimmtheit seines Striches half
Dürer den Formschneidern die
Schwierigkeiten der Aufgabe, die
er ihnen stellte, überwinden.
Zweifellos hat er die Schnittausführung persönlich sehr aufmerksam
überwacht. Im allgemeinen muß man sagen,
daß die Bilder zur Apokalypse dafür, daß
die Formschneider niemals zuvor Gelegenheit gehabt hatten, so hohen künstlerischen
Ansprüchen gegenüber ihre Geschicklichkeit zu
erproben, recht gut geschnitten sind; in den
feineren Teilen, besonders Gesichtern und
Händen, hat das Schneidemesser freilich noch
oft genug den Strich des Meisters verunstaltet.

Die gleiche Aufmerksamkeit wie dem Holzschnitt wandte Dürer dem Kupferstich zu. „Ein
guter Maler ist inwendig voller Figuren,
schreibt er einmal, „und wenn's möglich wäre,
daß er ewiglich lebte, so hätte er aus den
inneren Ideen allzeit etwas Neues durch die
Werke auszugießen.“ Holzschnitt und Kupferstich gaben ihm Gelegenheit, aus der Fülle
der Ideen mehr auszugießen, als in durch-
geführten Gemälden möglich gewesen wäre.
Sie gestalteten auch die Bearbeitung mancher
Gegenstände, die eine realistische Ausführung
in Farben nicht zuließen oder die sich nach
den damaligen Anschauungen nicht zu Gemälden eigneten. Denselben Meister, der in
den apokalyptischen Bildern das Erhabenste
und Übernatürlichste so eindringlich zu

schildern wußte, sehen wir gelegentlich in das volle Menschenleben hineingreifen und die alltäglichsten Dinge künstlerisch wiedergeben. Dürer hat eine Anzahl echter Genrebilder und genrehafter Gruppen oder Einzelfiguren veröffentlicht, voll von schlagender Lebenswahrheit, bisweilen von köstlichem Humor (Abb. 24 und 25). Auch Stiche mythologischen, sinnbildlichen und phantastischen Inhalts gab er — neben seinen zahlreichen religiösen Blättern heraus.

Wie den Holzschnitt, so brachte Dürer auch den Kupferstich zu malerischer Wirkung, und zwar, da hier die Ausführung eine eigenhändige war, in viel weiter gehendem Maße. Seine früheren Stiche, unter denen viele von Kennern nur als Nachbildungen Wolgemutscher Originale angesehen werden, schlossen sich noch der älteren, nicht viel über die einfache Umrißzeichnung hinausgehenden Weise an. Mit stetig zunehmender Geschicklichkeit stellte er dann immer größere Anforderungen an sich selbst in der Handhabung des Grabstichels. Während er durch seine kräftigen Holzschnittzeichnungen seinen Namen den breitesten Volksmassen bekannt machte, wurde er durch seine feinen Kupferstiche zum Liebling der Kunstfreunde und Sammler. — Das Meisterwerk von Dürers Grabstichelarbeit aus dieser Zeit seines Heranreifens — eine der vollendetsten technischen Leistungen der Kupferstechkunst überhaupt — ist „das Wappen des Todes" von 1503, zugleich ein Muster heraldischer Formengebung und in seiner düsteren Stimmung ein Erzeugnis echtester künstlerischer Empfindung (Abb. 27). — Der erste in hellen und dunkelen Massen zu voller malerischen Bildwirkung durchgeführte Kupferstich erschien im Jahre 1504, eine Darstellung von Adam und Eva. Eine schöne Vorzeichnung zu diesem Stich, die sich in der Albertina zu Wien befindet, zeigt die beiden Figuren auf ganz schwarzem Hintergrunde (Abb. 28). In dem ausgeführten Stich aber hat Dürer eine reichere und natürlichere Wirkung erzielt durch die

dunkelen Massen der schattigen Paradieseslandschaft (Abb. 29). Noch in anderer Beziehung ist dieses Blatt ein Markstein in der Geschichte der deutschen Kunst. Dürer hat sich ehrlich bemüht, die natürliche Schönheit der Menschengestalt zur Geltung zu bringen, und man darf nicht verkennen, wie viel er hier als erster, der sich auf keinen Vorgänger stützen konnte, da man vor ihm den nackten Menschen als etwas Unschönes darzustellen pflegte, in dieser Hinsicht erreicht hat. In wohlberechtigtem Selbstgefühl brachte er auf dem Stich statt des bloßen Monogramms ein Inschrifttäfelchen an, durch das er in der damaligen Weltsprache der Gelehrten, auf lateinisch, mitteilte, daß Albrecht Dürer aus Nürnberg diese Arbeit gemacht habe. Man muß freilich annehmen, daß bei der Bildung der Gestalten von Adam

Abb. 25. Landsknecht mit der Fahne Kaiser Maximilians. Kupferstich.

7   St. Christoph. Mit Weiß gehöhte Zeichnung auf getöntem Papier, vom Jahre 1502.
Im Museum zu Basel.
(Aufn. v. C. u. Braun, Clément & Cie. Nachf., in Dornach i. Els. und Paris.)

Abb. 27. Das Wappen des Todes. Kupferstich vom Jahre 1503.

und Eva dem Meister die Anschauung italie-
nischer Werke anregend und behilflich gewesen
ist. Eben die Kupferstecherkunst war es, welche
durch ihre leichtbeweglichen Erzeugnisse die
Kenntnis von der italienischen Kunst auch
diesseits der Alpen verbreitete. Besonders
waren es die Stiche des Mantuaners Mantegna, die auf Dürer großen Eindruck mach-
ten, so daß sie ihn gelegentlich sogar zur
Nachbildung reizten.

Die Thätigkeit Dürers als Maler wurde
inzwischen wieder durch den Kurfürsten von
Sachsen in Anspruch genommen. Die Jahreszahl 1502 auf einer im Museum zu Basel
befindlichen Zeichnung, welche die Kreuzigung
Christi in einer an Figuren überreichen
Komposition darstellt (Abb. 26), bestimmt

die Entstehungszeit eines für diesen Fürsten
angefertigten Altarwerkes, welches sich jetzt
im Schloß des Fürst-Erzbischofs von Wien
zu St. Veit bei Wien befindet. Die Mitteltafel dieses Werkes zeigt die Kreuzigung in
fast ganz genauer Übereinstimmung mit der
Baseler Zeichnung. Die Flügel, welche in-
folge des Hochformates des durch sie zu ver-
schließenden Mittelbildes sehr schmal sind,
enthalten die Kreuzigung und die Erscheinung des Auferstandenen vor Maria Magdalena; dabei ist hier durch die schöne baum-
reiche Landschaft, dort durch das Stadtthor
und die verkürzt gesehene Stadtmauer das
unbequeme Format sehr glücklich ausgenutzt.
Außen enthalten die Flügel die großen Gestalten des heiligen Sebastian und des heili-

...... Die Ausführung dieses Altar-
...... Dürer den Händen von Ge-
...... Dagegen malte er im
...... von Kurfürsten von Sach-
...... Schloßkirche zu Wittenberg be-
...... Die Anbetung der heiligen
...... Darstellend, ganz mit eigener
...... Dieses wunderbare Gemälde, das
...... in dem Kranze auserlesener Meister-
...... den die sogenannte Tribuna
...... Gemäldegalerie zu Florenz umschließt, läßt
...... vortrefflichen Zustand seiner Erhal-
...... den ganzen ursprünglichen Reiz der
...... Farbengebung und die bis auf die kleinsten
...... Einzelheiten sich erstreckende liebevolle Sorg-
...... der Meisterhand erkennen und bewundern.
...... deutsch empfindet, den wird es von all
...... den herrlichen Schöpfungen der Antike und
...... der italienischen Renaissance, die hier in
...... einem Raume vereinigt sind, immer wieder
...... hinziehen zu dem wunderlieblichen Bilde

dieser deutschen Madonna, die in unbefangener
Würde und voll stillen Mutterglückes zu-
sieht, wie dem nackten Knäblein auf ihrem
Schoß von fremden Fürsten ehrerbietige
Huldigungen dargebracht werden (Abb. 30).

Aus dem nämlichen Jahre 1504 stammen
zwei nicht ganz fertig gewordene Altarflügel
in der Kunsthalle zu Bremen, welche den
Einsiedler Onuphrius und Johannes den
Täufer (Abb. 31) in trefflich mit den Figuren
zusammenkomponierten Landschaften zeigen.

Zugleich arbeitete Dürer in dieser Zeit
wieder an zwei großen Holzschnittwerken, von
denen das eine die Leidensgeschichte Christi,
das andere das Leben der Jungfrau Maria
behandelte. Mit gleich hoher Meisterschaft
schilderte Dürer in diesen Werken, die unter
den Namen „Große Passion" und „Marienleben" bekannt sind, die ergreifendsten
tragischen Vorgänge und die reizvoll be-
haglichsten Familienbilder. Beide Werke kamen

1504

Zeichnung aus dem Jahre 1504. In der Albertina zu Wien.

Abb. 29. Adam und Eva. Kupferstich von 1504.

indessen erst später eine Abschauß und zur
Veröffent...ung. Das Bildwerk über die
... ... dem er ein ähnlich großes
Format ... wie der Apokalypse, hat er wahr-
... ... bald nach der Vollendung
... Holzschnittwerkes in Angriff ge-
... ... von den Blättern stimmen

Peiniger und dem Hohn der nicht minder
rohen Zuschauer preisgegeben ist: dann wie
er, eine bejammernswerte, gebengte Gestalt,
in Mantel und Dornenkrone von Pilatus
dem erbarmungslosen Volke gezeigt wird.
Das großartig erdachte nächste Blatt zeigt
den Erlöser, unter der Last des Kreuzes auf

Die Anbetung der heiligen drei Könige. Ölgemälde vom Jahre 1504, in der Uffiziengalerie
zu Florenz.
Nach einer Photographie von Giacomo Brogi in Florenz.

Art und Weise der Zeichnung ganz
Bildern zur Apokalypse überein.
... ... Auffassung ist da ge-
... Heiland im Gebet am Öl-
... Hände wie in einer
... und der Abwehr gegen
..., während im Vor-
... Schlaf und in der
... Gartenpforte
... ...flung an eine
... Stärke der wilden

die Kniee niedergesunken, den Kopf der
Veronika zugewendet, die sich anschickt, das
blutüberströmte, schmerzdurchzuckte Antlitz
abzutrocknen; der rauhe Kriegsknecht, der
den Dulder an einem um den Gürtel ge-
bundenen Strick führt, hält in diesem Augenblick mit Zerren inne, aber einer der den
Zug begleitenden Beamten stößt den Zu-
sammengebrochenen unbarmherzig mit seinem
Stab in den Nacken. Dann folgt die
Kreuzigung in gedrängter Komposition:

auf der einen Seite des Kreuzes die Mutter
Maria ohnmächtig in den Armen einer der
anderen Marien und des Johannes, auf der
anderen Seite der Hauptmann mit einem
Begleiter zu Pferde; Engel fangen das Blut
aus den Wunden des Erlösers auf, und
Sonne und Mond erscheinen hier wieder
mit schmerzlich teilnehmenden Gesichtern —
wie denn überhaupt dieses Blatt sich am
wenigsten von der überlieferten Darstellungsweise entfernt. Das nächste Bild schildert
die Klage um den vor dem Eingang des
Grabes unter einem dürren Baum nieder-
gelegten heiligen Leichnam; und daran schließt
sich die Darstellung, wie der Körper des
Heilandes, von einem inzwischen größer gewordenen Gefolge begleitet, in die Gruft getragen wird, während Maria kraftlos in der
Unterstützung des Johannes liegen bleibt.
Bewunderungswürdig ist in diesen beiden
Bildern, wie auch in anderen, die Landschaft,
deren Linien und Massen wesentlich mit zur
Komposition gehören. — Leider ist die Schnittausführung der Passionsbilder weniger gut
gelungen als diejenige der Zeichnungen zur
Apokalypse; bei einzelnen hat das Schneidemesser den Strich des Meisters sichtlich in
gar grober Weise entstellt.

Es ist nicht unwahrscheinlich, daß Dürer
durch die Einbuße, welche seine Schöpfungen
unter der Hand der Holzschneider erlitten,
bewogen wurde, die Leidensgeschichte Christi
gleich noch einmal in freien Zeichnungen,
bei denen keine Rücksicht auf das, was dem
Formschneider möglich und was ihm nicht
möglich wäre, ihn beengte, zu behandeln.
Im Jahre 1504 zeichnete er die herrliche
Folge von zwölf Blättern, die nach der Farbe
des Papiers „die grüne Passion" genannt
wird (in der Albertina zu Wien). Die
Gegenstände der Folge sind der Judaskuß,
Christus vor Herodes, Christus vor Kaiphas,
die Geißelung, die Dornenkrönung, die Vorstellung vor dem Volk, die Kreuzschleppung,
die Anheftung an das Kreuz, der Kreuzestod,
die Kreuzabnahme, die Grablegung und die
Auferstehung. Dürer machte diese Zeichnungen nicht zum Zwecke der Veröffentlichung,
sondern für sich; doch als etwas in seiner
Art Fertiges, dessen Ausführung durch Entwürfe vorbereitet wurde (Abb. 32). Man
möchte glauben, daß er sich selbst eine Ent-
schädigung geben wollte für die Nicht-
befriedigung, die ihm die Holzschnittkompo-

Abb. 31. Johannes der Täufer. Flügelbild
eines unvollendet gebliebenen Altarwerkes, von
1504. In der Kunsthalle zu Bremen.

sitionen verursachten. Seine künstlerische
Freiheit ist hier sehr viel größer als dort. Er
hat sich mit voller Künstlerlust in die Aufgabe versenkt, sich die geschichtlichen Begebenheiten so natürlich wie möglich vorzustellen.
Darum bleibt auch alles Unnatürliche, von
der älteren Kunst in sinnbildlicher Bedeutung
Angewendete, wie die Strahlenscheine und
die Verkörperung von Sonne und Mond,
weg. Die Naturwahrheit in der Schilderung
der Vorgänge, die mit einer staunenswürdigen

3*

Abb. 32. Die Kreuzabnahme. Federzeichnung, Entwurf zu der Darstellung des nämlichen Gegenstandes in der „Grünen Passion". In der Sammlung der Uffizien zu Florenz.

Schlichtheit und Einfachheit anschaulich ge-macht werden, hat den Künstler sozusagen von selbst auch zu einer reineren Natürlichkeit der Form geführt. Unverkennbar ist Dürer bei der Anfertigung dieser Blätter auch von dem Verlangen nach einer weitergehenden und feineren malerischen Wirkung, als sie ihm durch die derben offenen Striche der Holzzeichnung erreichbar war, geleitet worden. Es ist überraschend, wie viel Farbigkeit des Eindruckes er mit ganz geringem Aufwand von Mitteln, in Schwarz und Weiß mit dem Pinsel auf dem getönten Papier zeich-nend, erreicht hat. Der sehr glücklich ge-wählte grauliche Ton des Papiers spricht selbst mit, indem er wesentlich beiträgt zu

der eigenen, wehmütigen Stimmung der Bilder (Abb. 33 und 34).

Von den Holzschnittbildern, in denen Dürer das Leben der Jungfrau Maria nach der Legende und den Evangelien schilderte, scheint der größte Teil in den Jahren 1503 bis 1505 fertig geworden zu sein. Diese liebenswürdigen Blätter sind auf einen ganz anderen Ton gestimmt, als die Apokalypse und die Passion. Mit richtigem Gefühl hat Dürer hier, wo die Darstellungen nicht so-wohl durch Großartigkeit, als vielmehr durch innige Poesie wirken wollen, einen kleineren Maßstab gewählt, und dem entspricht die zartere Zeichnung. Trotz dieser besonderen Schwierigkeiten für den Formschneider ist

Abb. 33. Die Kreuzigung. Zeichnung von 1501 aus der „Grünen Passion", in der Albertina zu Wien. Nach einer Aufnahme von Ad. Braun & Co., Braun, Clément & Cie. Nachf., in Dornach i. Els. und Paris.

Abb. 31. Die Grablegung. Zeichnung von 1504 aus der „grünen Passion", in der Albertina zu Wien.
Nach einer Aufnahme von Ad. Braun & Co., Braun, Clément & Cie. Nachf., in Dornach i. Els. und Paris.

ter wieder ganz gut
 entweder geschicktere
de für diese Arbeit
mehr Zeit genommen
ihrung persönlich zu
lderdichtung beginnt
lte Legende von den
Darstellung, wie das
n im Tempel dar-
ohenpriester zurück-
Unfruchtbarkeit seiner
mit Anna als ein
Fluch auf dem Ehe-
heim dem Joachim,
er diese Schande von
und in die Einöde
ogen hat, ein Engel,
ner Tochter vorher-
g ist in diesem Bilde
gestreckte Halde, auf
, am Saum eines
usblick auf das fern
Meer mit gebirgiger
n Verheißung zufolge
ehrt, trifft Joachim
rte des Tempels, die
Rahmen das Bild
wieder zusammen;
mit herzlicher Um-
chen die in einiger
Nachbarn — eine
re Bemerkungen über
Bettler eilt mit Hast
bewegte Stimmung
auszunutzen. Dann
zillichen Bild in die
neugeborene Kindlein
eine Dienerin der
 an das Bett bringt,
Wärterin eingeschlafen
und Basen mit Bier
ns feiern. Das ist
ürnberger Sittenbild
 die schöne Gestalt
iner Wolke oben im
tieend dem Kindlein
igt, belehrt uns, daß
n außergewöhnliches
de Blatt führt uns
Tempels, wo die
ie das Bethaus ent-
hsende Kind schreitet
teilnehmenden Ver-
tritt, die zum Heilig-

participating

tum führenden Stufen, um sich oben, wo es von den Priestern erwartet wird, dem Dienste Gottes zu weihen. In der Archi-tektur des Tempels und seines Vorhofes hat Dürer sich bemüht, etwas „Antikisches" — so nannte man damals dasjenige, was wir heute als Renaissance bezeichnen — zu schaffen. Mehr gotisch als antikisch ist die Kirchenarchitektur auf dem so einfachen und so schönen Bilde, welches die Trauung der zur Jungfrau herangewachsenen Maria mit Joseph vor dem Hohenpriester darstellt (Abb. 35). Das nächste Blatt zeigt Maria, wie sie, in einem weiträumigen Gemach, dessen Decke auf stattlichen Bogenstellungen ruht, am Betpult sitzend, die Botschaft des Engels demütig entgegennimmt. Dann folgt wieder ein ganzes Meisterwerk: die Begrüßung von Maria und Elisabeth vor der Thüre von Elisabeths Wohnung, auf deren Schwelle Zacharias, den Besuch höflich grüßend, er-scheint. Maria ist über das Gebirge herab-gekommen, und man sieht in der Ferne, hinter dem schattigen Tannen- und Laubwald des Mittelgrundes, die Bergmasse, die sich in mannigfaltigen Formen immer höher emportürmt, hell beleuchtet in durchsichtiger Luft; vom entlegensten und höchsten Gipfel hat ein weißer Wolkenballen sich losgelöst, der in dem tiefen Ton des sommerlichen Himmels langsam zerfließt. Man weiß nicht, was man hier mehr bewundern soll, die prachtvolle landschaftliche Stimmung, oder die feinfühlige Beobachtung der Frauenseele, die in den Figuren sich äußert. Dann sehen wir Maria in einem zerfallenen Stallgebäude vor dem Knäblein knieen, dem sie das Dasein gegeben hat; kleine Engel betrachten mit kindlicher Freude und Neugier den Neu-geborenen, und andere Englein lobsingen ihm in der Luft; von der einen Seite kommt Joseph mit eiligen Schritten mit einer herbeigeholten Laterne herein — man sieht, daß er während des Geheimnisses der Ge-burt nicht zugegen war —, und durch die andere Thüre nahen schon die Hirten mit Schalmei und Dudelsack, um das Kind zu grüßen. Auf dem folgenden Bild wohnen Maria und Joseph der durch die Priester in einer Art von Kapelle vorgenommenen Beschneidung des Jesuskindleins bei. Darauf nehmen sie in einem als Stall dienenden zerfallenen Burggemäuer die Huldigungen entgegen, welche die mit reisigem Gefolge

"Aus Unser Frawen Leben" Das Marienleben: Die Vermählung von Joseph und Maria 1511

Abb. 36. Aus dem Holzschnittwerk „Das Marienleben": Rast der heiligen Familie in Ägypten (1504—1505).

Abb. 7. Aus dem Holzschnittwerk „Das Marienleben": Christi Abschied von seiner Mutter (1501—1505).

herbeigekommenen drei königlichen Weisen dem Kinde darbringen. Weiterhin bringt Maria das Reinigungsopfer in der fremdartig, aber groß erdachten, in der Tiefe von dämmerigem Dunkel erfüllten Säulenhalle des Tempels. Dann führt Joseph die mit

den ungestörten friedlichen Aufenthalt der heiligen Familie in Ägypten verbildlicht. In einer Ortschaft, der man die Weltentlegenheit ansieht, wo erhaltene und verfallene Gebäulichkeiten aneinander lehnen, haben die Flüchtlinge Unterkunft gefunden.

Abb. 38. Das Rosenkranzfest. Ölgemälde von 1506, im Prämonstratenserstift Strahow zu Prag. Nach einer Aufnahme nach dem beschädigten und stellenweise übermalten Original.

dem Kinde auf dem geschirrten Esel sitzende Maria über einen Steg in endlos ausgedehntem Wald, dem eine naturgetreu gezeichnete Dattelpalme ein morgenländisches Gepräge giebt: eine lichte Wolke, mit kleinen Cherubim angefüllt, gleitet über den Flüchtlingen durch die Wipfel der Bäume. Darauf folgt ein köstlich erfundenes Blatt, welches

Da liegen sie im Freien ihren täglichen Arbeiten ob, unweit der Treppe eines halbzerstörten verlassenen Hauses, neben der ein Laufbrunnen plätschert. Joseph haut mit der Art ein Balkengestell zurecht; Maria sitzt in seliger, stiller Mutterfreude neben der Wiege und spinnt. Drei große und ein kleiner Engel umgeben das Kopfende der Wiege; eine Schar

den kleinen Engeln tummelt sich mit kindlicher Geschäftigkeit, um die von Josephs
Arbeit fallenden Späne aufzuheben und
herzuschaffen, andere bringen, selber spielend,
Spielzeug herbei, um das jetzt schlafende
Jesukind nach seinem Erwachen zu unter-
halten. Hoch vom Himmel blicken Gott Vater
und der heilige Geist herab auf das Idyll,
das eines jeden Beschauers Herz erfreut (Abb.

genommen und wendet sich noch einmal um
und segnet seine Mutter, die, auf die Knie
niedergesunken und nur durch die besorgte
Unterstützung einer Freundin am Umfallen
verhindert, in ahnungsvoller Seelenqual die
Hände ringt, während ihre Blicke sich fest-
zusaugen scheinen an die Augen des Sohnes
(Abb. 37).

Nach der Fertigstellung dieser sechzehn

Abb. 36. Alte Kopie von Dürers Rosenkranzfest, in der kaiserl. Gemäldegalerie zu Wien.
Nach einer Photographie von Giacomo Brogi in Florenz.

36). Darauf folgt gleich die Darstellung der
Begebenheit, die zuerst bekundet, daß der Sohn
Mariens den engen Kreis des Familienlebens
verlassen muß, um seinen Beruf zu erfüllen:
Maria und Joseph finden den zwölfjährigen
Jesus zwischen den Schriftgelehrten, alles, was die Mutter an namen-
loser Qual erdulden muß während des
Schmerzes, das hat Dürer nur
in dem einzigen Blatt von er-
greifendem Ausdrucke: Jesus
Knaben zu betreten, der ihm
vergebens sucht. Er hat Abschied

Blätter fehlte nur noch weniges an der
Vollendung der Bilderfolge des Marienlebens. Die Ereignisse aber brachten es mit
sich, daß dieses Wenige erst nach einer
Reihe von Jahren zur Ausführung kam.

Der Umstand, daß Dürers Holzschnitte
in Venedig unbefugterweise nachgestochen
wurden und daß der deutsche Meister deshalb
den Schutz seines Urheberrechtes bei der
venezianischen Regierung hätte nachsuchen
wollen, soll die erste Veranlassung zu einer
längeren Reise nach Venedig gewesen sein,
die Dürer im Jahre 1505 antrat.

Hauptsächlich beschäftigte ihn aber in Venedig die Ausführung einer Altartafel, die er im Auftrage der dort ansässigen deut

Jungfrau Maria und das Jesuskind als Spender des Rosenkranzes dargestellt; sie schmücken die Häupter des Kaisers Maxi

Abb. 9. Christus am Kreuz. Ölgemälde von 1506, in der königl. Gemäldegalerie zu Dresden.
Mit Genehmigung der Photographischen Gesellschaft in Berlin.

schen Kaufleute für deren Kirche San Bartolomeo malte. Es ist das jetzt im Prämonstratenserstift Strahow zu Prag befindliche „Rosenkranzfest". Darauf sind in einer Komposition von reicher, festlicher Pracht die

milian I und des Papstes Julius II mit Kränzen von natürlichen Rosen; zu beiden Seiten werden eine Anzahl anderer Personen durch den heiligen Dominikus und eine Schar von Engeln in gleicher Weise

2

Abb. 41. Studienkopf zu dem Bilde:
Der zwölfjährige Jesus unter den Schriftgelehrten. Handzeichnung
in der Albertina zu Wien.

gekrönt. Im Hintergrunde erblickt man den
Maler selbst nebst seinem liebsten und treuesten
Freunde, dem berühmten Humanisten Will-
bald Pirkheimer; er hält ein Blatt in der
Hand, worauf zu lesen ist, daß in einem
Zeitraum von fünf Monaten der Deutsche
Albrecht Dürer das Werk im Jahre 1506
ausgeführt habe (Abb. 38). Leider hat
das vielbewunderte Gemälde, das noch vor
seiner Vollendung den Dogen und den
Patriarchen von Venedig veranlaßte, den
deutschen Maler in seiner Werkstatt auf-
zusuchen, das nachmals durch Kaiser Rudolf II für eine sehr hohe Summe an-
gekauft und mit unglaublichen Vorsichts-
maßregeln nach Prag gebracht wurde, in
späteren rücksichtsloseren Zeiten durch starke
Beschädigungen und mehr noch durch schauder-
hafte gänzliche, modernisierende Übermalung
des Kopfes von Maria und dem Jesuskind,
sowie des Papstes und anderer Teile schwer gelitten. Die Schönheit der Gestalten und
der Komposition, bei der Mehrzahl der Figuren auch der Charakter und den Ausdruck
der Köpfe und Hände können wir noch bewundern; aber der einst aufs höchste geprie-

sene Reiz der Farbe und der meister-
lichen Ausführung kommt nur noch
stellenweise zur Geltung und läßt
uns die Zerstörung doppelt beklagen.
Eine bessere Vorstellung von der
ursprünglichen Klarheit des Gemäldes
und besonders von dem Kopf der
Maria erhalten wir durch eine alte
Kopie desselben im Hofmuseum zu
Wien, obgleich diese Kopie der Feinheit Dürers, besonders in den Köpfen,
bei weitem nicht gerecht wird (Abb. 39).

Nebenher malte Dürer in Venedig eine Anzahl von Bildnissen und
mehrere kleinere Gemälde. Das
schönste von diesen besitzt die Dresdener Galerie in der ergreifenden
und malerisch wirkungsvollen Darstellung des Gekreuzigten, die un-
geachtet des miniaturartigen Maß-
stabes ein wahrhaft großartiges Werk
ist. Finsternis senkt sich über die
Erde herab; nur am Horizont glüht
ein gelblicher Lichtstreifen über dem
Meere. Der Wind macht die Haare
und das Lendentuch des Gekreuzigten
flattern, dessen hellbeleuchtete Gestalt
als das Licht in der Finsternis erscheint. Kein Zucken in dieser Gestalt weist
auf die Qual der Schmerzen hin; Ruhe
ist über den Dulder gekommen, er hebt
das edle Antlitz mit dem Ausdruck unbegrenzten Vertrauens empor, und wir vernehmen die Worte: „Vater, in deine Hände
empfehle ich meinen Geist" (Abb. 40). —
In der Barberinischen Sammlung zu Rom
befindet sich ein laut Inschrift in fünf Tagen
gemaltes Bild, welches den zwölfjährigen
Jesus im Gespräche mit den Schriftgelehrten
darstellt. Es ist die schnelle, wenn auch
durch Studien (Abb. 41) vorbereitete Niederschrift eines Gedankens, zu dem Dürer durch
den Anblick von Leonardo da Vincis Cha-
rakterköpfen angeregt worden sein mochte.
Das Ganze besteht eigentlich nur aus Köpfen
und Händen; aber diese sind alle gleich
ausdrucksvoll (Abb. 42). — Zu den in Venedig
entstandenen Porträts gehört vielleicht das
mit der Jahreszahl 1507 bezeichnete Bildnis eines blondhaarigen jungen Mannes im
kunsthistorischen Hofmuseum zu Wien, welches bekundet, daß Dürer im Anblick der
italienischen Kunstwerke gelernt hatte, alle
ihm eigene scharfe Bestimmtheit der Kenn-

zeichnung in ein Gesicht zu legen, ohne dabei die Züge so hart zu malen, wie er es in seinen früheren Bildnissen gethan hatte (Abb. 45).

Von Venedig aus machte Dürer eine Reise nach Bologna und Ferrara. Eine begonnene Reise nach Mantua gab er wieder auf, weil der Zweck derselben, die persönliche

diesen wenigen aber der achtzigjährige Altmeister Giovan Bellini war. Wir sehen das allmähliche Entstehen der Altartafel, wir hören Dürers Klage, daß diese allzu zeitraubende Arbeit ihn zwinge, eine Menge lohnenderer Aufträge auszuschlagen, und nehmen teil an seiner Freude über das endliche Gelingen des Werkes und über den Beifall,

Abb. 42. Der zwölfjährige Jesus unter den Schriftgelehrten. Gemälde von 1506, in der Gemäldesammlung des Palastes Barberini zu Rom.
(Nach einer Aufnahme von Ad. Braun & Co., Braun, Clément & Cie. Nachf., in Dornach i. Ell. und Paris.)

Bekanntschaft des von ihm so hochverehrten Mantegna zu machen, durch dessen Tod vereitelt wurde.

Von Dürers Leben in Venedig giebt eine Reihe von noch vorhandenen Briefen Kunde, die der Meister an seinen Freund Pirkheimer geschrieben hat. Da erfahren wir, daß der deutsche Maler für die einheimischen Künstler ein Gegenstand der Neugierde und des Neides war; daß zwar viele Edelleute, aber wenig Maler ihm wohl wollten; daß unter

fall, den dasselbe findet. Wir sehen ihn die Gassen der Lagunenstadt durchstreisen, um für den Freund allerlei Besorgungen zu machen. Wir vernehmen, wie er sich's wohl sein läßt in der Fremde, aber dabei für die Seinen in der Heimat zärtlich besorgt ist und als ein vorsichtiger Hausvater seine Erwerbsverhältnisse überschlägt. Mit lustigem Übermut beantwortet er des Freundes derbe Späße, und bei dem Gedanken an die Heimkehr kann er die Worte nicht unterdrücken:

... wird mich nach der Sonnen
...

... im Anfang des Jahres
... ... Dürer nach Nürn
... ... Der Aufenthalt in
... ... war für seine künstlerische
... von großer Bedeutung
... ... Die Berührung mit der
... ... Kunst hatte ihn in
... ... Kunst weitergebracht,
... daß er den Gewinn mit
... ... Opfer von seinem
... ... hatte. Seine An-
... ... war größer ge-
..., sein Formgefühl hatte
... ...; aber wie sein
..., so blieb seine künst-
... Ausdrucksweise durch und
durch deutsch. Es gehört mit zu
den höchsten Ruhmestiteln Albrecht
Dürers, daß das männliche Be-
... seiner Künstlerschaft und
das freudig stolze Gefühl seines
... ihm jeden Versuch
..., den eigenen festen Halt
... und sich an die fremd-
..., Kunst anzulehnen. Die
... der Italiener hat
... ... die deutsche Kunst zu
... gerichtet.

... Der Rückkehr schuf Dürer
... Folge mehrere größere
... Das erste war eine
... von Adam und Eva
... zwei Tafeln in lebensgroßen
... In Italien hatte Dürer
..., mit welch hoher künst-
... Schönheit die nackte
... bekleidet werden
... In diesen beiden Gestalten
... ... und des Weibes, die
... ... der Formen
... der Kunst des
... unerreichbar
... er gleichsam
... von dem,
... Kunst
... Lande
...
...
...
...
...

... ... von 1507, im Pradomuseum zu Madrid.
... ... A. Braun & Co., Braun, Clément & Cie.
... ... Dorn. ... N. ... und Paris.

Abb. 44. Eva. Ölgemälde von 1507 im Pradomuseum zu Madrid. (Nach einer Aufnahme von Ad. Braun & Co., Braun, Clément & Cie. Nachf., in Dornach i. Elf. und Paris.)

Das Beste daran ist vielmehr die Feinheit des Gefühls, mit der die Empfindung der beiden erdacht und ausgesprochen ist. Der Ausdruck liegt nicht bloß in den Köpfen. Hier das mit weiblicher Zurückhaltung gemischte schmeichelnde Verlocken, dort scheues Zagen im Verein mit der Unfähigkeit zu widerstehen: das ist in den ganzen Gestalten, bis in die Füße und in die Fingerspitzen hinein mit einer Meisterschaft, die in dieser Beziehung kaum ihresgleichen hat, zur Anschauung gebracht (Abb. 43 und 44). Man kann sich vorstellen, welches ungeheure Aufsehen diese beiden Tafeln bei ihrem ersten Erscheinen erregten. Dieselben sind schon früh kopiert worden. Um den Besitz der Originale streiten sich die Sammlung des Pittipalastes zu Florenz und das Pradomuseum zu Madrid. Der Streit ist wohl überflüssig. Man muß unbedingt annehmen, daß der Meister selbst sich zu einer Wiederholung dieses Werkes, in dem er etwas nie Dagewesenes erreicht hatte, entschlossen hat. Die Ausführung durch seine eigene Hand ist bei dem Madrider Exemplar unanfechtbar; aber auch bei dem Florentiner Exemplar, das leider weniger gut erhalten ist, kann wohl nicht an der Eigenhändigkeit der Arbeit gezweifelt werden. Die Figuren stimmen hier und dort ganz genau miteinander überein. Im übrigen unterscheiden sich die beiden Ausführungen in ähnlicher Weise, wie die Zeichnung und der Kupferstich von 1504. In Florenz treten die Figuren, wie es dem Inhalt der Darstellung entspricht, aus einem landschaftlichen Hintergrund, den Tiere beleben, hervor. In Madrid heben sie sich, um ganz unbeeinträchtigt für sich selbst zu wirken, von schlichtem schwarzen Grunde ab; auch der Baumstamm mit der Schlange an der Seite Evas ist

4*

Bildnis eines unbekannten Mannes, von 1507. In der kaiserl. Gemäldegalerie zu Wien.
Nach einer Photographie von J. Löwy in Wien.

hier nicht in malerischer Ausführung, sondern
mehr als bloße Andeutung gemalt. An dem
unteren Zweig des Baumes hängt bei der
Eva in Madrid ein Täfelchen, worauf zu
lesen ist, daß der Deutsche Albrecht Dürer
das Bild gemacht habe. "Albertus Durer
... i] st virginis partum 1507".

Weitere Arbeit als die beiden lebensgroßen
Einzelgestalten machte dem Meister ein Gemälde mit zahllosen kleinen Figuren, welches
Kurfürst Friedrich der Weise bei ihm bestellte, "Die Marter der Zehntausend"
... tung der verfolgten Christen unter ...
Dürer verwendete den ganzen ...
... Fleiß, den er besaß, auf dieses Bild,
... an dem er ein Jahr arbeitete, und das
er im Jahre 1508 vollendete (Abb. 16).
Dasselbe ... ist jetzt in der Gemäldesammlung ... kaiserlichen Hofmuseums
zu Wien ... wir hier Dürers
... Begünstigung ...
... der großen Kuns ... el er die in

kühnen Linien aufgebauten Landschaft eine
wesentliche Rolle zugewiesen hat, und in der
Erfindung mannigfaltiger Einzelheiten, durch
die er den grausigen Gegenstand anziehend [inte...]
zu machen gewußt hat, bewundern. Die
ursprüngliche Farbenharmonie des unglaublich fein ausgeführten Bildes ist leider dadurch gestört, daß das reichlich angewendete
Lasursteinblau im Laufe der Zeit durch die
Farben, mit denen es gemischt war, durch-
gewachsen und an die Oberfläche getreten ist, [ste...]
so daß es jetzt sehr viel stärker spricht, als
es nach der Absicht des Meisters sollte.

Mit der gleichen Sorgfalt malte Dürer
dann die Mitteltafel eines umfangreichen Altarwerks, mit dessen Ausführung ihn der reiche
Frankfurter Kaufherr Jakob Heller gleichfalls schon im Jahre 1507 beauftragt hatte.
Er selbst schrieb an den Besteller, daß er
all seine Tage keine Arbeit angefangen habe,
die ihm besser gefiele, und noch nach der
Ablieferung im August 1509 war er um

die vorsichtige Behandlung des Bildes be
sorgt. Von seiner fleißigen und gewissen
haften Vorbereitung auf dieses Werk legt
eine Anzahl von Naturstudien Zeugnis ab,

mit der Krone der Himmelskönigin geschmückt.
Die wunderbare Schönheit dieser von dem
Meister selbst für sein bestes Werk gehaltenen
Schöpfung, in der sich mit der liebevollsten

Abb. 46. Die Marter der zehntausend persischen Christen. Gemälde von 1508. In der
kaiserl. Gemaldegalerie zu Wien. Nach einer Photographie von J. Löwy in Wien.

die in seiner Pinselzeichnung ausgeführt
sind (Abb. 47, 48, 50). Gegenstand des
Gemäldes war die Himmelfahrt Marias.
Unten umstehen die Apostel das leere Grab,
und oben in den Wolken, in denen sich
Scharen kleiner Engel umhertummeln, wird
die Jungfrau von Gott Vater und Christus

Ausarbeitung der Einzelheiten eine großartige
Einheitlichkeit der malerischen Wirkung ver
band, können wir nur noch ahnen im An
blick einer alten Kopie, welche mit sechs der
von Gehilfen ausgeführten Flügelbilder im
Historischen Museum zu Frankfurt aufbewahrt
wird. Das Original, für welches Kaiser

Abb. 47. Studie zu den Händen eines betenden Apostels im Hellerschen Altarbild (1508). Einzelzeichnung in der Albertina zu Wien.

Nur die Farbenwirkung hat auch hier durch das Durchwachsen des Blau, sowie ferner durch das Verblassen der Schattentöne in den grünen Gewändern ihren Einklang einigermaßen eingebüßt. Aber die hohe Vollkommenheit der Zeichnung und der Ausführung können wir bei diesem unvergleichlichen Meisterwerk in ihrer ganzen ursprünglichen Herrlichkeit bewundern. Wohl in keinem anderen Erzeugnis der deutschen Malerei ist so viel Großartigkeit mit so viel Poesie vereinigt. Man darf unbedenklich behaupten, daß diese Meisterschöpfung Dürers das erhabenste Werk der kirchlichen Kunst diesseits der Alpen ist. Es entrückt den Geist des gläubigen Beschauers in die Sphären der Seligen. Von Engelchören umschwebt, deren Reigen sich in ungemessener Ferne verliert, erscheint in lichtdurchstrahltem Gewölk die heilige Dreifaltigkeit: Gott Vater in Krone und Königsmantel auf dem doppelten Regenbogen thronend, hält mit den Händen das Kreuz, an dem Gott Sohn sich der Menschheit opfert, und über seinem Haupte schwebt der heilige Geist in Gestalt der Taube. Zu beiden Seiten knien die Auserwählten des alten Bundes und die Heiligen der Christenheit, mit der Jungfrau Maria und Johannes dem Täufer an der Spitze. Ihnen reiht sich auf einem niedrigeren Wolkenkranze die ungezählte Schar der namenlosen Seligen aller Stände an, von Kaiser und Papst bis zu Bauer und Bettelfrau. Tief unten liegt die Erde in weiter, vom Himmelslicht rosig überstrahlter Landschaft. — Zwischen den Seligen ist in einer demütigen Gestalt — links am Bildrande, neben dem mit einer Gebärde sich unwendenden Kardinal — der Stifter des Gemäldes, Matthäus Landauer, abgebildet. Unten auf der Erde aber steht Albrecht Dürer, bescheiden in die Ferne gerückt den Himmlischen gegenüber,

Rudolf II den Frankfurter Dominikanern, in deren Kirche das Altarwerk aufgestellt war, vergeblich 10000 Gulden bot, und das dann später von Herzog Maximilian von Bayern erworben wurde, ist im Jahre 1674 bei dem Brande der Münchener Residenz ein Raub der Flammen geworden.

Ein günstigeres Geschick hat über dem nächsten großen Gemälde gewaltet, welches Dürer schuf. Es ist das Allerheiligenbild, auch Dreifaltigkeitsbild genannt, das er für die Kapelle des sogenannten Landauerklosters oder Zwölfbrüderhauses in Nürnberg, einer wohlthätigen Stiftung zweier dortigen Bürger, malte und im Jahre 1511 vollendete. Als die Kapelle geweiht wurde, erhielt sie ihren Namen zu Ehren aller Heiligen; dadurch war die Wahl des Gegenstandes für das Altargemälde bestimmt: die in der Anbetung des dreifaltigen Gottes vereinte Gesamtheit der Heiligen (Abb. 61). Wohlerhalten und unversehrt schmückt diese Tafel die kaiserliche Gemäldegalerie zu Wien.

doch mit gerechtem Selbstbewußtsein hinaus-
blickend zu dem sterblichen Beschauer, dem
er sich als den Urheber des Gemäldes nennt.
Auch auf dem Bilde der zehntausend Märtyrer
und auf der Hellerschen Altartafel hatte er,
wie er es beim Rosenkranzfest zuerst gethan,
sich selbst in den Hintergrund gemalt und
dabei voll Vaterlandsgefühl seinem Namen
den Zusatz „ein Deutscher" beigefügt. Auf
der Inschrifttafel des Allerheiligenbildes nennt

Germanischen Museum. Es ist ein Aufbau,
der sich aus einem schmuckreichen Sockel, verzierten Säulen auf den Seitenwänden, einem
von diesen getragenen Gebälk und darüber
einem halbkreisförmigen Aufsatz zusammenfügt.
In dem Bogenfeld des Aufsatzes und in dem
Fries des Gebälkes ist das Jüngste Gericht
in geschnitzten Figuren dargestellt: an den
Seiten des Aufsatzes befinden sich als frei-
stehende Figuren Engel mit Posaunen und

Abb. 48. Studie zum Kopf eines emporblickenden Apostels im Hellerschen Altarbild. Weiß gehöhte Tuschzeichnung
im Kupferstichkabinett des Berliner Museums.

er sich mit Heimatsstolz als einen Sohn der
Stadt, welche das Bild bewahren soll. —
Das Allerheiligenbild, dessen Maßstab im
Verhältnis zu seinem großen Inhalt sehr
klein ist, wurde in einem prächtig geschnitzten
Holzrahmen, für den Dürer selbst den Ent-
wurf gezeichnet hatte, an seinem Bestimmungs-
ort aufgestellt. In einer Zeit, wo die
Nürnberger ihren Dürer nicht mehr gebührend
zu schätzen wußten, gelang es dem eifrigen
Dürersammler Kaiser Rudolf II, das Gemälde
zu erwerben. Der leere Rahmen blieb in
Nürnberg zurück und befindet sich, leider
durch grauen Anstrich entstellt, jetzt im

auf dem Scheitel desselben ein Engel mit
dem Kreuz.
In der Erfindung dieser reichen architek-
tonischen Einfassung seines Gemäldes hat
Dürer sich als einen echten Renaissancekünstler
zu erkennen gegeben in dem Sinne, daß er
an die Stelle spätgotischer Gebilde die
wiederbeseelten Formen des klassischen Alter-
tums setzte. In Venedig hatte er Kunstwerke gesehen, in denen die Formenwelt der
antiken Bau- und Zierkunst sich wieder-
spiegelte, und er huldigte dem tonangebenden
Geschmack seiner Zeit, indem er versuchte, in
seinen eigenen Schöpfungen derartige Formen

Abb. 49. Aus der Kupferstichpassion: Das Gebet am Ölberg (1508).

Spiel kleiner Engelkinder lauschen, während hinter ihnen der Nährvater Joseph arbeitsmüde am Tisch eingeschlafen ist; über der wunderlieblichen Gruppe wölbt sich eine offene Halle, deren reiche Formen den größten Teil des Bildes einnehmen. Hier hat Dürer mit sichtlicher Lust und mit seinem Schönheitsgefühl eine Architektur nach antiker Art, mit korinthischen Säulen und kassettiertem Tonnengewölbe, entworfen (Abb. 53).

Im Jahre der Vollendung des Dreifaltigkeitsbildes gab Dürer seine „drei großen Bücher" als ein zusammenhängendes Werk heraus: nämlich die inzwischen fertig gewordenen Folgen des Marienlebens und der Passion und eine neue, um ein Titelbild vermehrte Auflage der Apokalypse.

An der Spitze dieses großen Holzschnittwerkes steht das neugezeichnete Titelbild zum Marienleben. In diesem reizvollen Bild, das, um Platz für den Titel zu lassen, nur einen Teil der Blattseite ausfüllt, sehen wir die Jungfrau Maria mit dem Kinde an der Brust zugleich als das Weib der Apokalypse dargestellt: mit dem Mond unter den Füßen, von der Sonne umgeben und mit einer Krone von zwölf Sternen über dem Haupt. Es ist wunderbar, wie Dürer es verstanden hat, mit schwarzen Strichen den Eindruck von strahlendem Licht hervorzubringen (Abb. 54). Dem Titel folgen die vorher genannten sechzehn Bilder. An diese reihen sich zwei herrliche, im Jahre 1510 hinzugefügte Blätter, aus denen man, wenn man sie mit den früheren vergleicht, deutlich sieht, wie Dürer sich in der Zwischenzeit vervollkommnet hatte. Das erste der beiden führt uns in das Sterbegemach Marias. Man fühlt die feierliche Stille, das Dämpfen der Schritte und der Stimmen im Kreise der Apostel, die das Bett umgeben, auf dem die Mutter Christi mit dem Ausdruck seligen Friedens auf dem vom Tod verschönten Antlitz eben den letzten Atemzug getan hat (Abb. 55). Dann kommt die Aufnahme

anzubringen. Schon vor der venezianischen Reise hatte er ja bisweilen — besonders im Marienleben — sich bemüht, aus unklaren Vorstellungen heraus Gebäude, die der Antike gleichen sollten, zu ersinnen. Jetzt besaß er, wenn auch kein wirkliches Verständnis, so doch immerhin einige, durch die Anschauung von Erzeugnissen der oberitalienischen Renaissance gewonnene Kenntnis von der Baukunst des Altertums. Wohl das hübscheste Beispiel von seinen Versuchen, dasjenige, was er sich in dieser Beziehung angeeignet hatte, selbständig zu verwerten, finden wir in einer Zeichnung vom Jahre 1509, die im Baseler Museum aufbewahrt wird. Es ist eine mit Wasserfarben leicht bemalte Federzeichnung, die in einer Komposition voll Reiz und Anmut die heilige Jungfrau mit dem Jesuskinde zeigt, die dem

Abb. 50. Gewandstudie zu einem Apostel des Hellerschen Altarbildes. Weiß gehöhte Tuschzeichnung im Kupferstichkabinett des Berliner Museums.

Marias in den Himmel in einer
Darstellung, welche im allgemeinen der Anordnung dem
Hellerschen Altarbild ähnlich, in
allen Einzelheiten aber wieder
in neuer Weise erdacht ist.
Unten sind um den Steinsarg,
der den Körper Marias bergen
sollte, die Apostel versammelt
und blicken voll Staunen über
das Unbegreifliche zum Himmel
empor. Dort oben kniet im
strahlendurchfluteten Lichtraum
über Wolken und Regenbogen
die dem Grab Entrückte in
verklärter und verjüngter Gestalt und empfängt von dem
dreifaltigen Gott die Himmelskrone (Abb. 56). Darauf folgt
noch ein überaus liebenswürdiges Schlußblatt, das der Art
seiner Zeichnung nach bereits
vor der venezianischen Reise
entstanden sein muß und gleichsam ein Nachwort zu der Erzählung von „Unserer Lieben
Frauen Leben" bildet. Da
sitzt Maria als Himmelskönigin,
mit dem Jesuskind auf dem
Schoß, von Engeln und Heiligen verehrt: aber sie sitzt
nicht auf einem Himmelsthron,
sondern in einem traulichen
irdischen Gemach, den Sterblichen zugänglich als holde Fürbitterin.

Auf dem Titelblatt, welches Dürer zur
Passion zeichnete, nachdem er sich zur Veröffentlichung dieses so lange zur Seite ge-
schobenen Werkes entschlossen hatte, erscheint
Christus als „Schmerzensmann", das heißt
in einer in der Spätzeit des Mittelalters
aufgekommenen Darstellung, welche das ganze
Leiden des Heilandes zusammenfassend zeigt:
entblößt, gegeißelt, mit Dornen gekrönt,
verspottet, an Händen und Füßen mit Nägeln
durchbohrt, dem Grabe verfallen, so heftet
der Heiland einen Blick voll tiefen Schmerzes
auf den Beschauer (Abb. 57). In der
Passion ist der Unterschied zwischen den
älteren Kompositionen und den mit der
Jahreszahl 1510 bezeichneten vier neuen,
bei denen auch die Schnittausführung gut
gelungen ist, sehr groß. Eines dieser Blätter
bildet den Anfang der Bilderfolge: das letzte

Abb. 51. Aus der Kupferstichpassion: Der Judaskuß 1508.

Abendmahl. Das Wort: „Einer unter euch
wird mich verraten" versetzt die Apostel in
Aufregung; Judas kriecht in sich zusammen,
versteckt seinen Geldbeutel und thut, als ob
ihn dieses Wort am wenigsten berühre. Das
nächste der Blätter von 1510 führt in einem
Bilde voll leidenschaftlich bewegten Lebens
die Gefangennahme Jesu vor. Noch haften
Hand und Lippen des Verräters am Haupte
des Verrateuen, und schon ist dieser mit
Stricken gefesselt, und die wilde, lärmende
Rotte schickt sich an, das Opfer fortzuzerren,
das in diesem schrecklichen Augenblick, wo
die Erfüllung des Leidensgeschickes zur Thatsache wird, einen hilfesuchenden Blick menschlichen Entsetzens zum Himmel sendet. So
begreiflich wie nutzlos erscheint der grimme
Zorn des Petrus, der das Schwert über dem
mit Ungestüm zu Boden geschleuderten Knecht
Malchus schwingt (Abb.58). Die beiden anderen

Abb. 52. Der Schmerzensmann. Titelbild zur Kupferstichpassion 1509.

neuen Kompositionen bilden den Schluß der Passion: Christi Hinabfahrt zur Hölle und Auferstehung. Mit gewaltiger Dichterkraft führt uns der Zeichner in die Vorhölle, wo Christus unter dem ohnmächtigen Toben greulicher Teufelsgestalten die Seelen der Väter aus einem tiefen Verließ hervorholt; hinter den Befreiten sieht man das offene Thor der Hölle, das dem Blick nichts weiter enthüllt als ein grenzenloses schwelendes Flammenmeer, dessen ausstrahlende Glut die Siegesfahne des Erlösers emporwehen macht. Nicht minder großartig ist das Auferstehungsbild. Eine starke Wache von Bewaffneten umgiebt das Grab. Einige von ihnen schlafen, ein alter Kriegsmann schüttelt unwirsch einen der Pflichtvergessenen; einer erwacht eben und öffnet gähnend die Augen, er sieht, ohne

noch zu begreifen; andere aber erkennen das Wunder, das sich vollzieht. Über dem geschlossenen Steindeckel der Gruft, an der man das von der Obrigkeit angelegte Siegel unverletzt sieht, schwebt der Heiland empor, von einer Wolke aufgenommen und von Cherubimscharen begrüßt. Er hebt das von dem dreiteiligen Lichtschein der Gottheit umstrahlte Antlitz zum Himmel empor, in der Linken hält er die Siegesfahne, mit der Rechten segnet er die durch das vollbrachte Leidenswerk erlöste Welt (Abb. 59).

Die Zeichnung, welche Dürer der Apokalypse als Titelbild hinzufügte, stellt den Evangelisten Johannes dar, dem die Mutter Gottes als das mit der Sonne bekleidete Weib der Offenbarung erscheint.

Es ist bemerkenswert, daß Dürer für den Druck des Textes zum Marienleben und zur Passion — es waren lateinische Verse, welche der ihm befreundete Benediktiner Chelidonius verfaßt hatte — die neu aufgekommenen Schriftzeichen der Renaissance, die von den italienischen Druckern der alten römischen Schrift nachgebildeten sogenannten lateinischen Buchstaben, verwendete. Für den Text zur Apokalypse behielt er die spätgotischen Lettern der ersten Ausgabe bei.

In dem nämlichen Jahre 1511 gab Dürer ein kleines Buch heraus, welches eine bildliche Schilderung des Leidens Christi in wieder anderer Auffassung, von Gedichten des Chelidonius begleitet, enthält. Auch dieses Buch trägt den Titel Passion ("Passio Christi"), und es ist von jeher gebräuchlich, seine Bilderfolge und diejenige des großen Buches durch die Bezeichnungen "die kleine Passion" und "die große Passion" zu unterscheiden. Die kleine Passion besteht aus siebenunddreißig Holzschnitten: einer Titelzeichnung, welche Christus als Schmerzensmann auf einem Stein sitzend darstellt und sechsunddreißig Blättern in dem kleinen

Abb. 53. Marienbild. Mit Wasserfarben angetuschte Federzeichnung vom Jahre 1509. Im Museum zu Basel.
(Nach einer Aufnahme von Ad. Braun & Co., Braun, Clément & Co. Nfg. in Dornach i. Els. und Paris.)

Format von ungefähr 9½ zu 12½ Centimetern, welche in Kompositionen von meistens nur wenigen Figuren das Erlösungswerk mit Ausführlichkeit und in einer mehr volkstümlichen Weise erzählen. Die sämtlichen Bildchen, von denen einige mit der Jahreszahl 1509, andere mit 1510 bezeichnet sind,

Vertreibung der Wechsler aus dem Tempel und die Fußwaschung eingefügt. Das Gebet am Ölberg, wo Christus im Seelenkampf die vor die Stirn gehobenen Händen zusammenpreßt, überbietet an Größe und ergreifender Tiefe der Auffassung das entsprechende Bild der großen Passion. Die

Abb. 54. Titelbild zu dem Holzschnittwerk „Das Marienleben" (1510).

scheinen schnell hintereinander gezeichnet zu sein. Die Erzählung beginnt mit dem Sündenfall und der Vertreibung aus dem Paradies, als der Vorbedingung der Erlösung. Nachdem die Menschwerdung des Erlösers durch die Verkündigung und die Geburt verbildlicht worden ist, bildet der Abschied Jesu von seiner Mutter die Einleitung zu den Ereignissen der mit dem Einzug in Jerusalem beginnenden Leidenswoche. Vor und nach dem letzten Abendmahl sind die

Begebenheiten zwischen der Gefangennahme und der Verurteilung werden in allen Einzelheiten geschildert, von der Vorführung vor Annas bis zur Händewaschung des Pilatus. Auf die Kreuztragung folgt Veronika, die mit dem Abdruck von Christi Antlitz auf dem Schweißtuch zwischen Petrus und Paulus dasteht, als besonderes Bild. Wir sehen, wie Christus an das Kreuz angenagelt wird, und wie er am Kreuze die letzten Worte spricht; dann wie er in die Unter-

Abb. 55. Aus dem Holzschnittwerk „Das Marienleben": Marias Tod 1510.

Abb. 56. Aus dem Holzschnittwerk „Das Marienleben": Die Aufnahme Marias in den Himmel (1510).

welt hinabsteigt; wie sein Leichnam vom Kreuze abgenommen, dann am Fuße des Kreuzes beweint und darauf in das Grab gelegt wird. Auf die Auferstehung folgt die Erscheinung des Auferstandenen vor seiner Mutter, vor Maria Magdalena — ein Bild von hochpoetischer Stimmung (Abb. 60) —, vor den Jüngern zu Emmaus und vor Thomas. Darauf folgt die Himmelfahrt, bei der das Entschwinden Christi in befremdlicher, aber wirksamer Weise dadurch veranschaulicht ist, daß man nur noch seine Füße sieht. Die Herabkunft des heiligen Geistes und die Wiederkehr Christi am Jüngsten Tage bilden den Schluß.

Nichts spricht mehr für die Unerschöpflichkeit von Dürers Gestaltungsvermögen, als die Thatsache, daß er sich zu derselben Zeit mit der Ausarbeitung einer Folge von Kupferstichen beschäftigte, welche gleichfalls das Leiden des Heilandes, in abermals anders ersonnenen Darstellungen, behandelte.

Neben den vier Büchern brachte Dürer eine ganze Anzahl von einzelnen Holzschnittblättern auf den Markt. Im Jahre 1510 veröffentlichte er auch einige Holzschnitte mit längerem Text in Reimen, den er selbst verfaßt hatte und durch Hinzufügung des Monogramms als sein geistiges Eigentum kennzeichnete; er gab darin Lebensregeln, Ermahnungen zur Vorbereitung auf den Tod und Betrachtungen über das Leiden Christi.

Die Jahreszahl 1511 findet sich auf mehreren Einzelholzschnitten von besonderer Schönheit. Da ist vor allem das große Blatt „die heilige Dreifaltigkeit" — eine Nebenfrucht des Landauerschen Altargemäldes —, ein erhabenes Bild von wunderbar überirdischer Stimmung. „So sehr hat Gott die Welt geliebt, daß er seinen eingeborenen Sohn dahingab", ist der Inhalt der Darstellung. Über den Wolken, in denen die Winde nach den vier Richtungen blasen, thront Gott Vater im endlosen Raum, den

Abb. 57. Der Schmerzensmann. Titelbild zu dem Holzschnittwerk „Die große Passion".

die von der Gottheit ausgehenden Lichtstrahlen erfüllen. Er hält den Sohn in der Gestalt des gemarterten und getöteten Dulders auf dem Schoße, und ein Beben des Schmerzes geht durch die Engelscharen, in denen die Zeichen von Christi Marter und Tod getragen werden (Abb. 62). — Das Blatt ist ein Meisterwerk der Formschneidekunst, es bringt jeden Strich des Zeichners klar zur Geltung. Dürer hatte die Kräfte, deren er sich zum Schnitt seiner Holzzeichnungen bediente, jetzt so geschult, daß er ihnen Aufgaben anvertrauen konnte, die, wie dieses Blatt, die volle Wirkung und die Linienfeinheit eines Kupferstiches erreichten.

Ein anderer großer Holzschnitt aus demselben Jahr, „die Messe des heiligen Gregor", gehört ebenfalls zu den großartigsten Erzeugnissen von Dürers dichterischer Gestaltungskraft. Da sehen wir, wie vor den Augen des meßlesenden Papstes Gregor der Altaraufsatz zum Sarge wird, aus dem der Schmerzensmann emporsteigt, umgeben von den Marterwerkzeugen und den übrigen bekannten Wahrzeichen seines Leidens: wehklagende Engel verneigen sich vor der rührenden Gestalt, die mit einem Blick unsäglicher Bekümmernis den Zweifler anschaut.

Abb. 64. Aus dem Holzschnittwerk „Das Leiden Jesu Christi Große Passion“:
Die Gefangennahme Christi (1510).

Abb. 50. Aus dem Holzschnittwerk „Die große Passion": Die Auferstehung 1510.

Abb. 60. Aus dem Holzschnittwerk „Die kleine Passion": Christus als Gärtner (1509—1510).

Dahinter verschwindet alles in dunklem Nebel, der sich wie ein Schleier vor die ministrierenden Bischöfe legt, sich zu dichten Wolkenmassen ballt und mit dem Weihrauchdampf zusammenfließt. Es ist wunderbar, mit welcher Vollkommenheit hier das Traumhafte einer Erscheinung zur Anschauung gebracht ist: mit greifbarer Körperlichkeit steht das Gesicht vor dem Schauenden da, aber im nächsten Augenblick wird es verschwinden, der Nebel wird zerrinnen, und der Bekehrte wird nichts an... als seine unbeteiligte reale Um... Abb. 63

... Poesie heiligen Erdendaseins ... Bild, welches die heilige Familie ... ihren Verwandten, die soge-

nannte „heilige Sippe" darstellt. Jede dieser Persönlichkeiten ist ein Charakter, und ein paar Baumstämme und der Rücken eines Hügels zaubern den Eindruck einer reizvoll behaglichen Landschaftsstimmung hervor Abb. 64.

Die Gemälde, welche Dürer zunächst nach der Landauerischen Altartafel ausführte, erforderten kein so ungeheures Maß von Arbeitskraft, wie der Meister sie bei seiner feinen und gewissenhaften Art der Ausführung auf die Altarbilder der letzten Jahre verwendet hatte. Es sind Werke von großem Maßstab bei erheblich geringerem Umfang. Die Gemäldesammlung im Wiener Hofmuseum besitzt ein liebenswürdiges kleines Marienbild vom Jahre 1512, das nach einer an-

Abb. 61. Die Anbetung der heiligen Dreifaltigkeit durch alle Heiligen. Altargemälde von 1511.
In der kaiserl. Gemäldegalerie zu Wien. Nach einer Photographie von J. Löwy in Wien.

geschnittenen Birne, welche das auf den Händen Marias liegende nackte Jesuskind im Händ-chen hält, benannt zu werden pflegt (Abb. 65). Dürers italienische Zeitgenossen haben in ihren Madonnen ein Maß von sinnlicher Schönheit, in deren Vollkommenheit sie, gleich wie die Künstler des klassischen Alter-tums, das Ausdrucksmittel für geistige Voll-kommenheit sahen, zur Anschauung gebracht, das über dasjenige, was der deutsche Meister in dieser Hinsicht zu schaffen vermochte, sehr weit hinausgeht. Aber keiner von ihnen reicht an diesen heran in Bezug auf die Verbild-lichung heiligster Jungfräulichkeit. Keine

Formenschönheit vermöchte so nachhaltig an den Beschauer zu wirken, wie der unfaßbare Zauber vollkommener Herzensreinheit, der über dem süßen Mädchengesicht dieser Dürerschen Madonna schwebt.

Ferner malte Dürer im Jahre 1512 im Auftrage seiner Vaterstadt, die ihn 1509 durch Ernennung zum Ratsmitgliede geehrt hatte, zwei lebensgroße Kaiserbilder zum Schmucke der „Heiltumskammer", eines zur Aufbewahrung der Reichskleinodien bestimm-ten Gemaches. Die darzustellenden Kaiser waren Karl der Große als der Gründer des Kaisertums und Sigismund als derjenige

Abb. 62. Die heilige Dreifaltigkeit. Holzschnitt von 1511.

Abb. 63. Die wunderbare Messe des heiligen Gregor. Holzschnitt aus dem Jahre 1511.

welcher der getreuen Stadt Nürnberg das „Heiltum" anvertraut hatte. Für diesen benutzte Dürer ein älteres Bildnis; in seinem Karl dem Großen schuf er das Idealbild des gewaltigen Herrichers, das seitdem in der Vorstellung des deutschen Volkes lebt (Abb. 66).

Heller klagte, nicht rasch genug von statten; er wollte lieber „seines Stechens warten".]

Die Kupferstiche, die ihm zumeist am Herzen lagen, als er jene Worte schrieb, waren die schon erwähnten Paijionsbilder. Einen Teil dieses Werkes hatte er schon während

Abb. 61. Die heilige Sippe. Holzschnitt von 1511.

Ziemlich stark übermalt, befinden sich diese Gemälde, von denen sich die Stadt niemals getrennt hat, jetzt im Germanischen Museum.

Danach ließ Dürer mehrere Jahre hindurch das Ölmalen fast vollständig ruhen. In verhältnismäßig kurzer Zeit er auch sorgfältig vorbereiteten und bis ins eit ging „das fleißige Klänbeln", 1509 in einem Briefe an

der Arbeit an dem Hellerschen Altargemälde ausgeführt, wie die Jahreszahlen 1508 und 1509 auf mehreren Blättern beweisen. Die Mehrzahl der dazu gehörigen Stiche vollendete Dürer im Jahre 1512, und im folgenden Jahre gab er die aus siebzehn kleinen Blättern bestehende abgeschlossene Folge an die Öffentlichkeit. Die Kupferstichpaijion beginnt mit einem Titelbild, welches den an der Marterjäule stehenden Schmerzensmann

zeigt, aus dessen Seiten-
wunde Strahlen des er-
lösenden Blutes sich auf
die Häupter von Maria
und Johannes — die als
Vertreter der ganzen er-
lösten Menschheit hier stehen
— sich ergießen (Abb. 52),
und erzählt dann die Ge-
schichte von Christi Leiden
und Tod und Sieg über
den Tod in sein ausge-
führten Bildchen, deren besonderer Charakter, ent-
sprechend der hingebenden,
liebevollen Arbeit des Kup-
ferstechers, ein inniges Versenken in das Dargestellte
ist. Wenn man die kleine
Holzschnittpassion eine volks-
tümliche Erzählung nennen
kann, so darf man die
Kupferstichpassion mit einer
Reihe stimmungsvoller Ge-
dichte vergleichen (Abb. 49,
51, 52, 67, 68 und 69).
Wer diese Blättchen mit einer
Hingabe betrachtet, die derjenigen ähnlich ist, mit der
sie geschaffen sind, der wird
eine Quelle nie versiegenden
Genusses in ihnen finden.
Die im Jahre 1512,
wo Dürer sich dieser Arbeit

Abb. 65. Madonna mit der angeschnittenen Birne. Ölgemälde
von 1512, in der kaiserl. Gemäldegalerie in Wien. Nach einer Photographie
von J. Löwy in Wien.

mit reichlicherer Muße hingeben konnte,
entstandenen Blätter der Kupferstichpassion
überbieten die früher gestochenen ganz erheblich an Feinheit. Überhaupt machte
Dürer in dieser Zeit die schnellsten und be-
deutendsten Fortschritte in der Handhabung
des Grabstichels. Das Kupferstechen war
jetzt in ausgesprochener Weise seine Lieblings-
beschäftigung, und die stete Übung und das
rastlose Bemühen, immer mehr zu erreichen,
führten ihn zu außerordentlichen Erfolgen.
Blätter, wie die im Jahre 1513 gestochene
herrliche Komposition der zwei klagenden Engel,
die der Welt das Bild des dornengekrönten
Erlösers vor Augen halten (Abb. 70), sind
auch in technischer Beziehung so schön, daß
man eine weitere Vervollkommnung dieser
Art von Kupferstich kaum für möglich halten sollte. Und doch gelangte Dürer, der
im Kupferstich das Mittel suchte, seinen in-

nersten Empfindungen geläufigen Ausdruck
in vollendeter Form zu geben, noch weiter.
In den Jahren 1513 und 1514 schuf er
die drei Blätter, die den Höhepunkt der deutschen Kupferstecherkunst bezeichnen und die
zugleich in rein künstlerischer Beziehung, als
Mitteilungen aus dem tiefsten Innern der
Künstlerseele, in denen Gedanken und Form
eins sind, zu Dürers vollendetsten Werken gehören. Es sind die drei Blätter, die zu
allen Zeiten nur ungeteilte Bewunderung gefunden haben: „Ritter, Tod und Teufel",
„Melancholie" und „St. Hieronymus im
Gehäuse (in der Stube)".
Zur Erklärung des Blattes „Ritter, Tod
und Teufel" weiß eine alte Nachricht zu sagen,
daß dasselbe sich auf eine Geschichte beziehe,
die zu Dürers Zeit von einem Ritter Namens
Philipp Rink erzählt wurde. Aber das Bild
bedarf keiner Erklärung, die der unmittelbar

Abb. 22. Karl der Große.
Nach der Originalzeichnung im Germanischen Museum zu Nürnberg.

packenden Wirkung seiner dich-
terischen Kraft und Schönheit
nur Abbruch thun würde. In
einem wilden Hohlweg reitet
auf schlüpfrigem Boden ein
Ritter, den Speer auf der
Schulter. Es ist Abend; man
fühlt den klaren Ton, der nach
Sonnenuntergang die Luft erfüllt, in dem wolkenlosen Stück-
chen Himmel, das über dem
Rand der Schlucht, von Ge-
strüpp in schroffen Linien durch-
schnitten, sichtbar ist; man fühlt
das schwindende Licht, das die
fern auf einer Bergeshöhe
liegende Burg mit einem weichen Ton überzieht. In der
schaurigen Schlucht aber ist es
kühl und düster. Ein ver-
glimmender Abendstrahl, der
auf einer Kante des Abhanges
ruht, weicht der heranrückenden
Dunkelheit. In unheimliche
Finsternis führt der sich ver-
engende Weg zwischen höher
steigenden Wänden; — führt
er ins Verderben? Neben dem
Ritter reitet als bleiches Ge-
spenst der Tod, und hinter
ihm schleicht ein grauenhafter
Teufel, der mit schaurlich
gierigem Blick aus glühenden
Augen die Krallenhand nach
ihm hebt. Des Ritters Roß
und Hund ahnen etwas Beängstigendes. Er
aber kennt keine Furcht; ohne rechts und links
zu sehen, in unerschütterlicher Haltung, reitet
er vorwärts. Jeder Deutsche wird diesen
Rittersmann verstehen, der trotz Tod und
Teufel auf dem eingeschlagenen Wege bleibt
(Abb. 71). Solch einen Mann der entschlosse-
nen That quälen die grübelnden Zweifel nicht,
auf die das träumerische Bild der „Melancholie" hinweist. Da sitzt eine Gestalt,
welche die Macht des Menschengeistes ver-
körpert, mit dem Lorbeer des Ruhmes gekrönt, von allerlei Zeichen menschlichen
Wissens und Könnens, wie Handwerksgerät
und mathematischen Körpern, umgeben.
Wohl mag dieses mächtige Wesen sich weit-
hin tragen lassen von seinen starken Schwingen;
dennoch sinkt es schließlich in sich zusammen im Gefühl seiner Unvollkommenheit. Es

Abb. 67. Aus der Kupferstichpassion: Christus vor Kaiphas 1512.

gleicht dem Kinde, das auf dem Mühlstein
sitzt und auf einem Täfelchen Schreib- und
Rechenübungen macht. Es möchte das Tier
beneiden können, dem kein Forschensdrang
den Schlaf raubt. Der Schmelztiegel des
Alchimisten, durch den die letzten Grund-
bestandteile der Dinge sich doch nicht er-
mitteln lassen, die Kugel, deren Inhalt sich
nicht in Zahlen ausdrücken läßt, sind Zeichen
der Beschränkung des menschlichen Geistes,
Gegenstücke zu der an den Turm gelehnten
Leiter, dem Spottbild auf die winzige
Kleinheit der dem Menschen erreichbaren
Erhebung über die Erde. Raum und Zeit
setzen dem Menschengeist Schranken. Die
Sanduhr und das Glöcklein an der Turm-
wand, wo ein Zahlenquadrat von zweck-
loser Spielerei des menschlichen Scharf-
sinns erzählt, verkünden die Flüchtigkeit und

Abb. 68. Aus der Kupferstichpassion: Christus in der Vorhölle 1512.

das Gemeinsein der Zeit. Und über dem verschwindenden Horizont des Oceans durch-leuchtet die Rätselerscheinung eines Kometen den endlosen Himmelsraum, an dem das unfaßbare Gebilde des Regenbogens prangt. Seiner Nichtigkeit dem All gegenüber sich bewußt, starrt der Genius mit gesenkten Fittichen voll Niedergeschlagenheit vor sich hin, und müßig ruht seine Hand auf dem Buch, in dem das Unbegreifliche doch nicht gesagt, an dem Zirkel, mit dem das Unerreichbare nicht gemessen werden kann (Abb. 73). Der Beschauer mag vielleicht finden, das Bild sei mit ausgeklügelten und schwerverständlichen Beziehungen überladen. Aber deren Ausdeutung im einzelnen ist auch gar keine unerläßliche Vorbedingung für den Genuß des Bildes: das Ganze spricht mit voller Verständlichkeit zu uns

durch seine Stimmung. Das ist das Einsehen, „daß wir nichts wissen können". Auch Dürer hat einmal das Be-kenntnis niedergeschrieben: „Die Lüge ist in unserer Erkennt-nis, und die Finsternis steckt so hart in uns, daß auch unser Nachtappen fehlt." Den ge-raden Gegensatz hierzu bildet jener in seiner Arbeit volles Genügen findende Forscher, der im heiligen Hieronymus ver-körpert ist. Ganz in sein Werk versunken, sitzt der große Kirchen-vater in seiner gemütlichen Gelehrtenstube; man fühlt die behagliche Wärme, die das Sonnenlicht, durch die Butzen-scheiben gedämpft, in das Ge-mach hineinträgt; in fried-lichem Schlummer ruht der Löwe des Heiligen neben einem Hündchen (Abb. 74). Auch in diesen beiden Blättern ist Dürer wieder so kerndeutsch. Man braucht kein sogenanntes Kunstverständnis zu besitzen, sondern nur ein deutsches Herz zu haben, um diese Stim-mungen mitfühlen zu können.

Die Jahre, in denen Dü-rer aus der innersten Schatz-kammer seines Herzens solch köstliche Juwelen der vollendet-sten Stimmungsmalerei hervorholte, brachten ihm den größten Schmerz seines Lebens, die Krankheit und den Tod seiner Mutter. In einer besonderen Aufzeichnung hat er hierüber ergreifend und ausführlich berichtet. Die fromme, sanftmütige und wohlthätige Frau starb nach mehr als jahrelangem Siechtum am 17. Mai 1514. Wenige Wochen vor ihrem Tode, am Okulisonntag, hatte Dürer sie in einer lebensgroßen Kohlenzeichnung abgebildet. Das Berliner Kupferstichkabinett bewahrt dieses rührende Bildnis: ein abge-magertes, vieldurchfurchtes Antlitz mit gott-ergebener Duldermiene, die den Tod in der Nähe sieht (Abb. 72). Sicher ist Dürer an keiner Arbeit mehr mit dem ganzen Herzen dabei gewesen, als an dieser sichtlich in kurzer Zeit hingeschriebenen Zeichnung, in der er das Bild seiner Mutter, die in

it der
usfrau
s eine
m dem
n der
Kraut-
ls ein
s mag
: sein,
e To-
Antlitz
ig zu
ße sich
lichen:
der
beiden
wei-
umen-
noch
erung,
b die
des
Deut-
selkten
Das
furcht,
hegte.
Wirt-
bildete
bildete
war.
lichkeit
ngslos
realis-
r mo-

Abb. 69. Aus der Kupferstichpassion: Die Grablegung (1512).

: um ein Härchen
Dürers Studien-
Belege. Ein be-
iel ist auch das in
ebene, mit schnellen
Bildnis einer weib-
n gutmütiges, durch
rechten Augenlides
sonst unter Dürers
— wahrscheinlich
auses.
t das Jahr 1514
on zu bezweifelnder
in der Kunsthalle
Dem Jahre 1515
Schmerzensmutter,
id gedacht, in der
an. Beides sind
er Bedeutung. Das

meiste von Dürers Zeit wurde jetzt durch
Aufgaben in Anspruch genommen, die der
Kaiser ihm stellte.

Kaiser Maximilian, der sich an der Her-
vorhebung seiner eigenen Persönlichkeit er-
freute, ohne deswegen eitel zu sein — ein
Zug, der im Geiste jener Zeit begründet
war und der ja auch bei Dürer in den vielen
Selbstbildnissen zu Tage tritt —, hatte die
Idee zu einer großartigen bildlichen Ver-
herrlichung seines Lebens selbst entworfen.
Das Ganze sollte einen Triumph vorstellen
und aus zwei Teilen, dem Triumphbogen
oder der Ehrenpforte und aus dem Triumph-
zuge, bestehen. Des Kaisers Freund und
treuer Begleiter, der Geschichtschreiber, Dichter und Mathematiker Johannes Stabius
übernahm die Anordnung und verfaßte die
Inschriften. Ehrenpforte und Triumphzug

sollten jedes in einem riesigen Holzschnittblatt erscheinen, und Dürer war beauftragt,
zunächst die Zeichnung der Ehrenpforte an-
zufertigen. Im Jahre 1515 war er mit
der gewaltigen Bildermasse, aus der sich
dieses seltsame Gebilde zusammenfügte, fertig.
Seit drei Jahren hatte er daran gearbeitet.
92 Holzstöcke, deren Schnitt der Nürnberger
Formschneider Hieronymus Andreä ausführte,
waren zur Herstellung des Blattes erforder-
lich, das in seiner vollständigen Zusammen-
setzung über drei Meter hoch und wenig unter
drei Meter breit ist. Das Ganze stellt ein
Gebäude von sehr entfernter Ähnlichkeit mit
einem römischen Triumphbogen dar, über
und über mit Bildern aus dem Leben des
Kaisers (Abb. 76—79), mit geschichtlichen
und sinnbildlichen Figuren, mit Wappen,
mannigfaltigem Zierwerk und mit Inschriften
bedeckt. An Stelle seines gewöhnlichen Monogramms hat Dürer hier sein Familien-
wappen, den Schild mit der offenen Thür,
angebracht.

Anziehender als dieser Riesenholzschnitt,
bei dem man nur anstaunen kann, wie leben-
dig sich Dürers Gestaltungskraft auch unter
dem Drucke genauer bindenden Vorschriften
noch zu bewegen vermochte und wie er in
die zahlreichen Darstellungen von Schlachten
und Belagerungen immer wieder Abwechse-
lung zu bringen wußte, ist eine andere Arbeit, die er im Jahre 1515 für den Kaiser
ausführte und in der er nach Herzenslust
den Eingebungen seiner von einer Welt von
Gestalten erfüllten Phantasie nachgehen konnte.
Maximilian hatte für seinen persönlichen
Gebrauch ein Gebetbuch drucken lassen. In
einem Exemplar dieses Gebetbuches, das sich
jetzt in der Königlichen Bibliothek zu München befindet, schmückte Dürer 45 Blätter
mit Randverzierungen in Federzeichnung.
Der Reichtum an künstlerischem Erfindungs-
vermögen, der hier entfaltet ist, entzieht sich
jeder Beschreibung. Bald unmittelbar auf
die Gebete Bezug nehmend, bald in der Ver-
folgung eines durch einen Satz oder ein
Wort angeregten Gedankens abschweifend,
bald auch scheinbar willkürlichen Einfällen
folgend, hat der Meister auf die breiten
Ränder der Pergamentblätter die erhabensten
himmlischen Gestalten, sowie ernste und
scherzhafte Figuren aus dem Leben gezeichnet;
Fabelwesen und allerlei Tiere, natürliche wie
erdichtete, mischen sich hinein: daneben sprießt

und sproßt überall das köstlichste Zierwerk
von wundervollen Pflanzengewinden hervor,
kühne Federzüge fügen sich zu seltsamen
Fratzen oder Tierfiguren zusammen, ver-
flechten sich zu regelmäßigen Ornamenten oder
laufen in weitgeschwungene Schnörkel aus.
Bald eng, bald lose schmiegen sich die Randzeichnungen, wie inhaltlich an das Wort,
so als Schmuckgebilde an das Viereck des
gedruckten Textes an; hier umrahmen sie
denselben vollständig, dort bilden sie einen
Zierstreifen nur an einer Seite, da schließen
sie ihn von beiden Seiten ein oder umranken
eine Ecke; nur in einzelnen Fällen beschränken
sie sich am Schluß eines Abschnittes auf
eine Vignette am Fuß der Seite. Ihr
Reiz ist unerschöpflich, und jedes Blatt hat
seine eigene, einheitliche Stimmung. Das
erste der von Dürer geschmückten Blätter
zeigt als Begleitung eines Gebetes, welches
die vertrauensvolle Empfehlung in den göttlichen Schutz enthält, ein freudig heiteres
Ornament von Rosenranken, in dem sich
Tiere tummeln, während oben im Geranke
ein Mann sitzt, der auf der Schalmei bläst
und dessen Haltung und Ausdruck eine
Stimmung vollkommenen Seelenfriedens aus-
sprechen. Dann sind neben Gebeten, in
denen der heil. Barbara, des heil. Sebastian
und des heil. Georg gedacht wird, die Gestalten dieser Heiligen angebracht: Barbara
als eine liebliche, fürstliche Jungfrau, auf
einer Blume stehend; Sebastian, von Pfeilen
durchbohrt an einen Baum gebunden, unter
dessen Wurzeln der böse Drache ohnmächtig
faucht und mit dem Schweife Ringe schlägt;
Georg, als ein prächtiger geharnischter Ritter,
der mit dem aufgerichteten Speer in der
Rechten in eiserner Ruhe dasteht und mit
der linken Faust den besiegten Lindwurm,
wie ein erlegtes Wild am Halse in die
Höhe gezogen hält. Weiterhin erscheint bei
einem Gebet, das von der menschlichen Ge-
brechlichkeit handelt, im Zierwerk die scherz-
haft aufgefaßte Figur eines Arztes, der mit
wichtiger Miene durch seine Brille ein im
Glase befindlichen Krankheitsstoff seines Pa-
tienten betrachtet: unter ihm sitzt ein Häs-
chen, und über ihm hängt eine Drossel in
der Schlinge. Zu einem Gebete, das von
der Verwandlung von Brot und Wein in
Christi Fleisch und Blut spricht, hat Dürer
den Heiland als blutenden Schmerzensmann
gezeichnet. Bei einem in Todesnot zu

Abb. 70. Zwei Engel mit dem Schweißtuche der Veronika. Durchschnitt von 1513.

Abb. 70. Ritter, Tod und Teufel. Kupferstich vom Jahre 1513.

sprechenden Gebet hat er ein sogenanntes Totentanzbild angebracht: der Tod — hier nicht wie auf dem Kupferstich von 1503 als wilder Mann, auch nicht wie auf dem berühmten Stich von 1513 als eine seltsam geispenstische Erscheinung, sondern als ein fast zum Gerippe zusammengeschrumpfter Leichnam gebildet — tritt mit dem Stundenglas einem prunkhaft aufgeputzten Kriegsmann entgegen, der gegen ihn umsonst das Schwert zu ziehen sucht: darüber sieht man eine Wetterwolke und einen vom Falken gestoßenen Reiher. Das Gebet für die Wohlthäter hat den Meister zur Verbildlichung der Wohlthätigkeit angeregt durch eine Darstellung des Pelikans, der sich die Brust aufreißt, um seine Jungen zu füttern, und durch einen wohlgekleideten Mann, der einem halbnackten Bettler eine Gabe spendet. Bei dem Gebet für die Verstorbenen zeigt er einen Engel, der eine Seele aus den Flammen des Fegefeuers zur Herrlichkeit Gottes emporträgt, während kleine Engel denen, die noch weiter büßen müssen, Kühlung zublasen: als Gegenbild ist dabei auch der Böse, der die Seelen einsäugt für die Qual, angedeutet: unten schießt aus den Flammen ein Liniengebilde hervor, das sich zur Gestalt eines Drachen entwickelt, der mit langer Zunge einen umherflatternden Schmetterling einfängt. Darauf folgt im Text der 129. (130.) Psalm, und hier kniet König David mit der Harfe vor dem himmlischen Vater in der Höhe. Auf den Psalm folgt der Anfang des Johannesevangeliums. Dabei ist der Evangelist dargestellt, der mit seinem Schreibgerät in der Einsamkeit sitzt und zu der strahlenden Erscheinung der Himmelskönigin mit dem Christuskind emporschaut. Nachdem dann der 50. (51.) Psalm mit überwiegend ornamentalen Gebilden begleitet worden ist, kommt zu einer Anrufung der heiligen Dreifaltigkeit ein Bild des dreieinigen Gottes: oben schwebt eine Schar

Abb. 72. Dürers Mutter. Kohlenzeichnung aus dem Jahre 1514 im königlichen Kupferstichkabinett zu Berlin.

Die Beischrift von Dürers Hand in der rechten oberen Ecke lautet: „1514 an oculi. Dz ist albrecht dürers muter dy was alt 63 Jor." Nach ihrem Tode fügte er mit Tinte hinzu: „Vnd ist verschiden Im 1514 Jor am erchtag Dienstag) vor der crewtzwochn, um zwey genacht (in der Nacht.)"

von Cherubim und unten verwandelt sich der Kreuzesstamm, an dem Gott Sohn sich zeigt, in einen Weinstock mit Reben. Bei den nun folgenden Betrachtungen über verschiedene Heilige sehen wir den heil. Georg als Ritter zu Roß in voller Rüstung, der den Schaft seines Speeres, an dem das Banner mit dem Kreuzeszeichen weht, auf den Lindwurm aufstellt, der überwunden unter den Hufen des Pferdes liegt; dann die heil. Apollonia, die Apostel Matthias und Andreas und den heil. Maximilian, diese alle mit Hinzufügung von anderen, schmückender Raumausfüllung dienenden Bildchen, deren einige sehr bemerkenswerte Tierdarstellungen enthalten. Dann folgt eine prächtige Komposition zum 56. (57.) Psalm, der mit den Worten „Gegen die Mächtigen". überschrieben ist. In den Wolken steht

Christus mit der Weltkugel in der Linken, die Rechte zum Segen erhoben: „er sendet vom Himmel und errettet mich": das ist

Bock, den ein Knabe auf einem Stecken-pferde am Barte führt. Hierbei fehlt auch eine politische Anspielung nicht, die den

Abb. 73.　Die Melancholie.　Kupferstich aus dem Jahre 1514.

Dargestellt durch den herabstürmenden Erz-engel Michael, der den Satan niederwirft: „und übergiebt der Schmach meine Unter-drücker": da sehen wir einen König auf einem Triumphwagen, gezogen von einem

Unterdrücker näher kennzeichnet: dieser König hat auf seinem Reichsapfel anstatt des Kreuzes den Halbmond. Bei zwei darauf-folgenden Psalmen, welche die gemeinschaft-liche Überschrift führen: „Zu sprechen, wenn

man einen Krieg beginnen muß", — es sind illustriert der Künstler den Vers des Jo-
der 90. (91.) und der 34. (35.) Psalm —, hannesevangeliums: „Als nun Jesus zu
ist unten jedesmal ein wildes Kampfgetümmel ihnen sprach: Ich bin es, da wichen sie zu-

Abb. 74. St. Hieronymus im Gehäuse. Kupferstich aus dem Jahre 1514.

dargestellt, und darüber, am Seitenrande, rück und fielen zu Boden." Und da ihm
schwebt betend ein Engel in himmlischer bei der Darstellung der Gefangennahme
Ruhe. Auf der nächsten von Dürer ge- gleich das ganze Leiden Christi in die Vor-
schmückten Seite kommt der Satz vor: „Wie stellung tritt, zeichnet er dazu an der Seiten-
die Juden erschreckt zu Boden fielen." Dazu wand Maria als Schmerzensmutter. Weiter-

6*

Abb. 75. Federzeichnung nach dem Leben,
vermutlich Dürers Schwägerin Katharina Frey darstellend, von 1514.
In einer englischen Privatsammlung.

hin giebt dem Zeichner das im Gebet vorkommende Wort „Verinchung" das Thema zu der Einfassung der betreffenden Seite: ein im frauen Rankengeschlinge einherwandelnder Kriegsmann lauscht, halb argwöhnisch, halb begehrlich, auf das Geranne eines seltsamen Vogels; und der Fuchs der Fabel lockt die Hühner mit Flötenspiel. Bei den Gebeten zu Ehren der Muttergottes ist die Darstellung der Verkündigung auf zwei gegenüberstehende Seiten verteilt; dabei ist hier der Zorn des Teufels, der mit Geschrei und Grimassen flüchtet, und dort die Freude der Engel, die einen Baum pflanzen, geschildert. Dann sehen wir bei einem Kirchenliede einen im Galopp daherprengenden Ritter, den der Tod mit der Senze verfolgt und den ein aus den Ranken sich herablassender Teufel bedroht. Bei dem ↑. Psalm musizieren die Hirten, und die

Vögel jubeln in blumigen Zweigen zu den Worten: „Herr, unser Herr, wie wunderbar ist dein Name"; und ein Löwe, der unter den Augen eines Eremiten seine ganze Aufmerksamkeit einem schwirrenden Insekt zuwendet, deutet die Unterwerfung der Tiere unter die Füße des Menschen an. Was aber mag den Zeichner angeregt haben, beim 18. (19.) Psalm den Hercules an den Rand zu zeichnen, der die stymphalischen Vögel bekämpft? Vielleicht nur das Wort: „Frohlockt wie ein Riese" —? Deutlicher erkennbar sind die Anregungen bei den nächsten Psalmenbildern: beim 23. (24.) Psalm ein indianischer Krieger, in des Künstlers Vorstellung getreten aus den Worten: „Der Erdkreis und alle, die ihn bewohnen", die ihn an die bis vor kurzem noch unbekannten Länder jenseit des Oceans denken ließen; beim 44. (45.) Psalm ein Morgenländer mit einem Kamel, wohl aus dem Gedanken an „die Reichen des Volkes mit Geschenken" hervorgegangen. Eine Säule, ein Engelknabe mit Früchten, ein spielender Hund, Vöglein in den Zweigen, ein behaglich schlafender Mann: das webt sich zusammen zu einem Stimmungsbild sicherer Ruhe, das die Worte des 45. (46.) Psalms einrahmt: „Darum fürchten wir uns nicht, wenn auch die Erde erschüttert wird." Nach einem bloß mit Phantasiespielen geschmückten Blatt folgen zwei Bilder, welche, ohne daß man bestimmte Anknüpfungspunkte in den von ihnen eingeschlossenen Psalmentexten finden könnte, den Gegensatz zwischen Stärke und Schwäche verbildlichen: hier Hercules und ein am Boden liegender Trunkenbold; dort ein gerüsteter Kriegsmann und eine bei der Arbeit eingeschlafene alte Frau. Köstlich ist das Bild zum 97. (98.) Psalm: „Singet dem Herrn ein neues Lied!" Da hat sich eine ganze Kapelle zu feierlicher Musik auf der Wiese vor der Stadt versammelt; und eine freudig bewegte Stimmung klingt in den Schwingungen des emporsteigenden Rankenwerkes nach, das sich aus den Baumstämmchen, die auf der Wiese stehen, entwickelt. Im Text folgen nun wieder verschiedene Gebete. Bei einer Erwähnung der Jungfrau Maria hat Dürer diese als eine noch ganz jugendliche Gestalt, die zu kindlich frommem Gebet die Hände faltet, an den Rand gezeichnet; über ihrem Haupt hält ein Engel die Himmelskrone, und vor ihren Füßen singt ein entzückender kleiner Engelknabe zur Laute. Im Gegensatz zu dieser Verbildlichung der reinsten Gottseligkeit erscheint auf dem nächsten Blatt die Thorheit der Welt unter dem Bilde einer mit Markteinkäufen beladenen Frau, die mit beiden Füßen in ein Gefäß mit Eiern tritt, und auf deren Kopf eine Gans mit den Flügeln klatscht. In dem folgenden Bild ist eine ähnliche Gegensatzwirkung erzielt durch die Zusammenstellung eines unter Reben zechenden Silen, dem ein Faun auf der Pansflöte aufspielt, und eines in den Wolken betenden Engels. Dann folgt wieder ein Blatt, das nur Zierwerk enthält (Abb. 80). Darauf kommt ein wunderschönes Bild zum Beginn des Hymnus: „Herr Gott, dich loben wir." Seitwärts steht der heil. Ambrosius, eine feierliche Bischofsgestalt, als der Verfasser dieses Lobgesanges; und unten reitet das Christkind, dem ein Engel die Wege bereitet, über die Erde. Das nächste Bild zeigt einen Engel, der mit Inbrunst das Gebet: „Herr, eile mir zu Hilfe" für einen geharnischten Ritter spricht, der auf einen sich ihm mit der Hellebarde entgegenstellenden wüsten Krieger einsprengt. Bei diesem Ritter denkt man unwillkürlich an Kaiser Maximilian selbst, auf dessen persönlicher Anordnung sicher die ganze Zusammenstellung der Ge-

Abb. 76. Einzelbild aus dem großen Holzschnittblatt „die Ehrenpforte": Kaiser Maximilian und seine Braut Maria von Burgund.

Posteaquam vero et filiam liberasset, aduersus Fran=
cia regem mature habito consilio / et acceptam ab illo
iam olim iniuriam / quandoque vlasceretur / exerci=
tum durii acin ea illi expeditione mangnam partem
regni bellica virtute / ademit.

Abb. 77. Einzelbild aus dem Holzschnittblatt „die Ehrenpforte": Kaiser Maximilian nimmt die
Übergabe eines belagerten französischen Platzes entgegen.

bete beruht. Die folgende Seite, auf der
wieder Psalmen beginnen, bringt einen
herrlichen Christuskopf auf dem Schweiß=
tuch der Veronika. Auf der nächsten Seite
schließen Dürers Randzeichnungen mit einem
Bild voll heiterer Fröhlichkeit in jeder
Linie, mit zum Klange einer Schalmei
tanzenden Paaren, das die Anfangsworte
des 99., 100. Psalms in Formen über=
setzt: „Jubelt Gott, alle Lande! dienet dem
Herrn mit Freuden!" — Wie in der Ein=
gebung des Augenblickes hingeschriebene
Improvisationen voll Geist, Gemüt und
Geschmack treten all diese mannigfaltigen
Darstellungen vor das Auge des Beschauers.

Aus dem leichten Spiel der Künstlerhand
ist Blatt um Blatt ein Meisterwerk hervor=
gegangen. Wenn man mit Recht Dürers
Allerheiligenbild neben Raffaels Disputa
stellt, so ist man in gleicher Weise be=
rechtigt, die Randzeichnungen in des Kaisers
Gebetbuch das deutsche Gegenstück zu den
vatikanischen Loggien zu nennen. In ihren
figürlichen Darstellungen ist eine unerschöpf=
liche Fülle künstlerischer Schönheit enthalten.
Ihre Ornamentik ist ganz frei und selb=
ständig, von der spätgotischen Zierkunst
ebenso unabhängig wie von derjenigen der
damaligen italienischen Renaissance. Die
Reinheit der feinen geschwungenen Linien=

Porro ductis in Italiam copijs/Mediolanum in po=
testatem reduxit. declaratoqz ille Duce/perpetuo illum
deinceps in feudum Jmperio conceſſit Quod donec
factum eſt/hoſtes iuſticiae varijs afflixit cladibus.

Abb. 78. Einzelbild aus dem Holzschnittblatt „Die Ehrenpforte": Die Belehnung des Herzogs
von Mailand durch Kaiser Maximilian.

züge offenbart eine Leichtigkeit und Sicher=
heit der Hand, die an das Unbegreifliche
grenzt. Man wird an die alte Erzählung
von Apelles erinnert, der keinen Tag vorüber=
gehen ließ, ohne sich im Zeichnen von Linien
zu üben. Dürer soll die Fertigkeit besessen
haben, mit haarscharfem Strich einen Kreis
zu ziehen ohne die geringste Abweichung
von der mathematischen Genauigkeit. Wer
die Randzeichnungen in Kaiser Maximilians
Gebetbuch gesehen hat, hat keinen Grund
mehr, eine solche Thatsache zu bezweifeln.

Im Jahre 1516 führte Dürer wieder
einige Gemälde aus. Dieselben sind sämtlich
von geringem Umfang, teils Bildnisse, teils
Heiligenbilder. Eines der Bildnisse ist das=
jenige von Dürers Lehrer Wolgemut. Da
tritt uns der ehrenwerte Meister, der für
sein hohes Greisenalter noch recht rüstig
aussieht und dessen kluge Augen sich eine
jugendliche Lebhaftigkeit bewahrt haben, mit
einer Lebendigkeit entgegen, die uns die
ganze Persönlichkeit vergegenwärtigt (Abb.
81). Wolgemut war nie ein großer Künstler

Abb. 79. Einzelbild aus dem Holzschnittblatt „Die Ehrenpforte": Einzug in eine erstürmte Stadt.

gewesen, aber ein achtbarer Maler, der reichfarbige Altarbilder in biederer Komposition und fleißiger Ausführung angefertigt hatte. Dürer hatte von ihm eine gediegene Unterweisung in dem Handwerklichen seiner Kunst empfangen und bewahrte ihm eine dankbare Verehrung.

Während hier Dürers realistische Kunst voll in die Erscheinung tritt, zeigt ein in der Gemäldegalerie zu Augsburg befindliches kleines Marienbild, — „Madonna mit der Nelke" genannt —, das aus wenig mehr als den Köpfen der Jungfrau und des Jesuskindes besteht, den bei Dürer seltenen Versuch, zu idealisieren. Es mag sein, daß besondere Wünsche des Bestellers ihn zu einer Annäherung an das Herkommen der älteren Kunstweise veranlaßt haben; er hat hier auch, ganz gegen seine Gewohnheit, Lichtscheine um die beiden Köpfe gemalt. Aber be-

fremdlich berühren einen in einem Dürerschen Werk diese unnatürliche Verschmälerung der Nase, diese Verkleinerung des Mundes. Im seelischen Ausdruck jedoch, in der unendlichen Liebenswürdigkeit dieser jungfräulichen Mutter ist das Bild ganz des großen Meisters würdig.

Als Idealtöpfe kann man wohl auch die beiden Apostelbilder bezeichnen, die sich in der Uffiziengalerie zu Florenz befinden. Aber das Ideale ist in diesen prächtigen Greisenköpfen, welche die Glaubensboten Philippus und Jacobus, den weitgewanderten, vorstellen, nicht in einer vermeintlichen Veredelung der Form gesucht, sondern es ist aus dem Inneren der Persönlichkeiten heraus entwickelt; Charakterbilder zu schaffen, war die Aufgabe, die Dürer sich hier gestellt hatte (Abb. 82 und 83).

Im Jahre 1517 scheint Dürer die

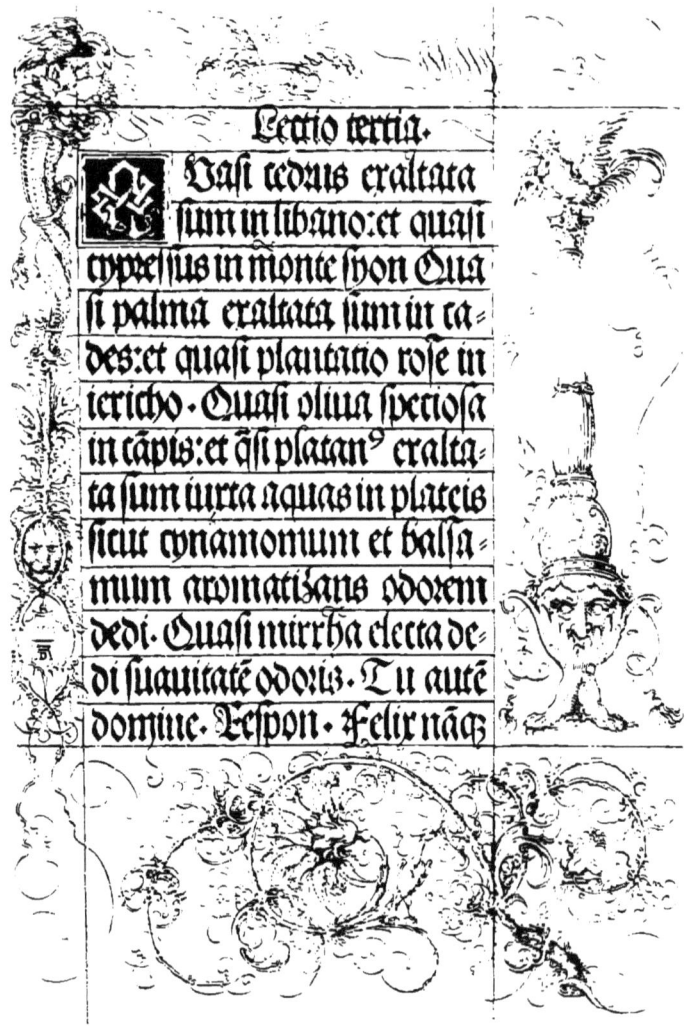

Lectio tertia.

Quasi cedrus exaltata sum in libano: et quasi cypressus in monte syon. Qua si palma exaltata sum in cades: et quasi plantatio rose in iericho. Quasi oliua speciosa in cāpis: et q̄si platan⁹ exaltata sum iurta aquas in plateis sicut cynamomum et balsamum aromatizans odorem dedi. Quasi mirrha electa dedi suauitatē odoris. Tu autē domine. Respon. Felix nāq;

Abb. 89. Eine Seite aus Kaiser Maximilians Gebetbuch mit Dürers Randzeichnungen.
In der königl. Bibliothek zu München.

Malerei wieder ganz beiseite gelassen zu haben. Wenigstens findet sich diese Jahreszahl auf keinem seiner Gemälde. Im folgenden Jahre versuchte er sich noch einmal an der Aufgabe, eine lebensgroße unbekleidete Figur zu malen. Den Vorwurf hierzu nahm er, auf einen sehn Jahre früher gezeichneten Entwurf zurückgreifend, aus der römischen Geschichte, mit der sich in der Renaissancezeit so jeder Gebildete beschäftigte. Er malte

Fig. 84. Bildnis des Michael Wolgemut. Ölgemälde von 1516, in der königl. Pinakothek
zu München.

Die Inschrift in der rechten oberen Ecke des Bildes lautet: Das hat albrecht Dürer abconterfeit
nach seinem lehrmeister michel wolgemut jm Jar 1516 und er was 82 jor und hat gelebt bis das
man zelet 1519 Jar, do ist er ferschieden an sant endres tag frü er dy sun aufging.
Nach einer Photographie von Franz Hanfstängl in München.

die Lucretia, die, an ihr Bett sich anlehnend, im Begriff steht, sich mit dem Dolch zu durchbohren Abb. 85. Dieses Bild ist bedeutsam als ein Beweis von Dürers unausgesetztem Arbeiten an seiner eigenen Ausbildung. Denn es ist kaum anzunehmen, daß er zum Malen dieses Bildes einen anderen Grund gehabt habe, als die Absicht, sich zu üben durch die Bewältigung der Schwierigkeiten, die in der malerischen Wiedergabe der nackten Menschengestalt liegen. Die Bewältigung dieser Schwierigkeiten ist ihm indessen hier [...] nicht so gut gelungen wie bei den [...] Bildern von Adam und Eva, denen [...] Lucretia in Bezug auf Malerei und Farbe [...] wenig ebenbürtig ist, wie in Bezug auf [...] Ausdruck. Doch bleibt die durchgebildete Zeichnung der Formen, die dem Körper [...] Rundung verleiht, sowie auch die Zeichnung dieser Formen immer sehr beachtenswert.

Auch in seiner Lieblingskunst, dem Kupferstechen, schaffte und strebte Dürer immer weiter. Vollkommeneres zu erreichen, als ihm in den Meisterwerken von 1513 und 1514 gelungen war, das war innerhalb der angewandten Herstellungsart der Kupferstiche allerdings nicht mehr möglich. Aber nun sann er auf ein neues technisches Verfahren, das ihm die Möglichkeit verschaffen sollte, seine Gedanken in noch leichterer und frischerer Weise, als es die Arbeit mit dem Grabstichel gestattet, auf die vervielfältigende Platte zu bringen. Schon früher, etwa seit dem Jahre 1510, angestellte Versuche mit der sogenannten „kalten Nadel“, einem spitzigen, ganz feine Linien in das Kupfer einreißenden Instrument, hatten zu keinem befriedigenden Ergebnis geführt. Jetzt kam er auf die Radierung, als deren Erfinder wenigstens im Sinne künstlerischer Anwendung des Verfahrens — Dürer wohl

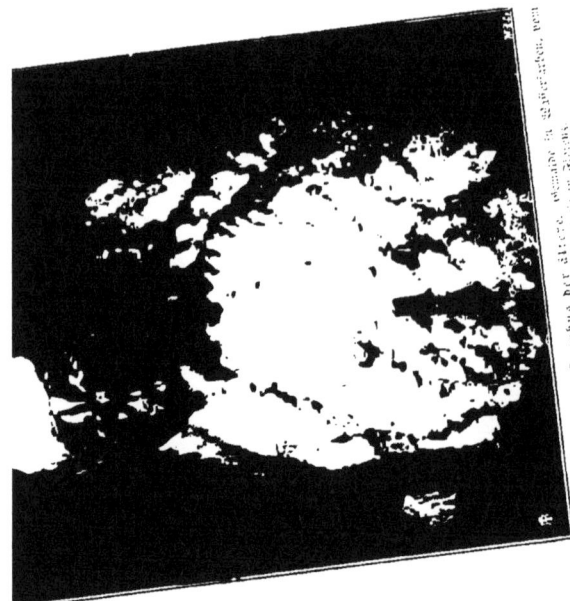

Abb. 84. Der Apostel Jacobus der ältere, gemalt in Wasserfarben, vom Jahre 1516. In der Münzengalerie in Florenz. Nach einer Photographie von Giacomo Brogi in Florenz.

Abb. 85. Der Apostel Philippus, gemalt in Wasserfarben, vom Jahre 1516. In der Münzengalerie in Florenz. Nach einer Photographie von Giacomo Brogi in Florenz.

Abb. 81. Entwurf zu einem Grabmal für Peter Vischer gezeichnet). Jederzeichnung
von 1517. In der Uffizienfammlung zu Florenz.

angefehen werden muß. Statt die Zeichnung mit dem Stichel in die polierte Metall-
platte einzugraben, rißte er fie mit der Nadel
in eine auf die Platte aufgetragene Grundierung und äßte fie dann mit Säuren,
welche von dem Stoff der Grundierung nicht
durchgelaffen wurden und daher das Metall
nur da angriffen, wo es durch die Striche
und Punkte der Zeichnung bloßgelegt war,
in die Platte hinein. Da das Kupfer dem
Ätzverfahren Dürers Schwierigkeiten ent-
gegenftellte, bediente er fich dazu eiferner
Platten. Dürers Radierungen fallen, wie es
fcheint, fämtlich in die Jahre 1514 bis 1518.
Später kehrte er zum Grabftichel, der ihm
doch eine vollkommenere Befriedigung gewährte,

zurück. Das berühmtefte Blatt unter Dürers
Radierungen ift „die große Kanone", die
Darftellung eines Nürnberger Gefchützes, das
unter der Aufficht eines Stückmeifters und
unter der Wache ftrammer Landsknechte auf
einem die weite Landfchaft beherrfchenden
Hügel aufgefahren fteht und von einer
Gruppe Türken mit fehr bedenklichen Mienen
betrachtet wird. Das Blatt war gegen die
herrfchende Türkenfurcht gerichtet (Abb. 86).

Lofe Holzfchnittblätter ftreute Dürer
fortwährend in die Welt, in denen er viel
Schönes bot. Was für einen bezaubernd
kindlichen, herzinnigen Ton hat er in dem
entzückenden Mariengedicht gefunden, das er
im Jahre 1518 auf Holz zeichnete (Abb. 87),

Gemälde, Radierun gen, fliegende Holzschnitte, das waren alles nur Ne benarbeiten in diesem Jahre. Das meiste von Dürers Zeit und Arbeits kraft war durch die vom Kaiser gestellte Aufgabe mit Beschlag belegt. Zwar waren mit den Zeichnun gen zu dem Riesenholz schnitt „Kaisers Triumph zug", der noch umfäng licher gedacht war als die Ehrenpforte und daher eine noch größere Anzahl von Holzstöcken erforderte, außer Dürer noch ver schiedene andere Maler beschäftigt. Aber seine Aufgabe war schon um fangreich genug. Ihm war die Anfertigung der bedeutsamsten Abschnitte der langen Bilderreihe auf getragen, welche sich aus mancherlei Gruppen zu Fuß, zu Roß und zu Wagen zusammensetzen sollte und für welche der Kaiser selbst die ge nauesten Angaben gemacht hatte. Unter anderem führte Dürer diejenige Abteilung aus, welche die Kriege Maximilians ver bildlichte; nach der ur sprünglichen Vorschrift des Kaisers sollten hier Landsknechte im Zuge einherschreiten, welche auf Tafeln die betreffenden Kriegsbilder trügen: dies erschien dem Meister zu eintönig, und er gefiel sich dafür in der Erfin dung schön geschmückter künstlicher Fortbewe gungsmaschinen, der de nen die Abbildungen der Schlachten, Festungen rc. bald als Gemälde, bald als plastische Bildwerke ge dacht, vorgeführt werden.

Abb. 85. Lucretia. Gemälde von Dürer in der königl. Pinakothek zu München.
Nach einer Photographie von Franz Hanfstaengl in München.

Abb. 90. Die große Kanone. Radierung vom Jahre 1515.

Abb. 87. Maria mit dem Jesuskind, von Engeln umgeben. Holzschnitt von 1518.

Ein besonders prächtiges Blatt schuf er in dem Wagen, darauf die Vermählung Maximilians mit Maria von Burgund zur Darstellung kam. Den Mittelpunkt des langen Zuges sollte der große Triumphwagen bilden, auf dem man den Kaiser mit seiner ganzen Familie erblickte. Der erste Entwurf, den Dürer zu diesem Wagen vorlegte, hat sich in einer in der Albertina zu Wien aufbewahrten Federzeichnung erhalten (Abb. 88). Aber Dürers Freund Wilibald Pirkheimer, der bei der inhaltlichen Ausarbeitung des Triumphzuges mitzuwirken sich berufen fühlte, fand diesen Entwurf ungenügend; denn er wollte, daß alle Tugenden des Kaisers in verkörperter Gestalt auf und neben dem Wagen

Nach dieser Zeichnung veröffentlichte Dürer das Bildnis des Kaisers in dem nämlichen Maßstab, etwas unter Lebensgröße, in zwei großen Holzschnitten. Das eine Blatt gibt das Brustbild ohne weitere Zuthat, nur mit einem Schriftzettel, darauf Namen und Titel des Kaisers geschrieben sind. Das andere, das nach des Kaisers Tode erschien, zeigt dasselbe in einer reichen Umrahmung, von verzierten Säulen eingefaßt, auf denen Greifen als Halter des Kaiserwappens und der Abzeichen des Goldenen Vließes stehen (Abb. 90). Dieselbe Zeichnung legte Dürer dann auch zwei Gemälden zu Grunde. Von diesen befindet sich das eine, das mit Wasserfarben auf Leinwand

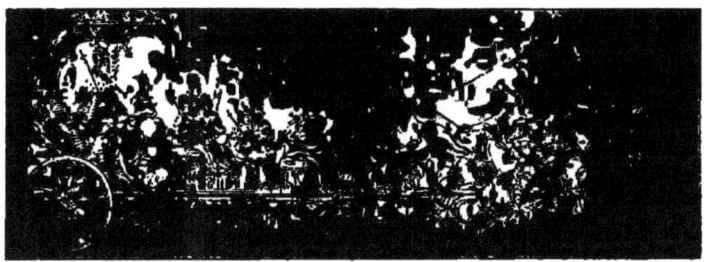

Abb. 88. Entwurf zu dem Kaiserwagen des Holzschnittbildes „Triumphzug Maximilians". Federzeichnung in der Albertina zu Wien.
Nach einer Aufnahme von Ad. Braun & Co., Braun, Clément & Cie. Nachfl., in Dornach i. Elf. und Paris.)

zu sehen sein sollten. Einen hiernach angefertigten neuen ausführlichen Entwurf schickte Pirkheimer im März 1518 an den Kaiser. Ehe indessen dieses Hauptstück geschnitten wurde, fand das ganze Unternehmen einen plötzlichen Abschluß, da Maximilian am 12. Januar 1519 starb. — Vorher war es Dürer noch vergönnt, den ihm so wohlgesinnten kaiserlichen Herrn nach dem Leben abzubilden. Zu dem Reichstag, den Maximilian im Jahre 1518 nach Augsburg berief, begab sich auch Dürer mit den Vertretern der Stadt Nürnberg. Am 28. Juni saß ihm der Kaiser „hoch oben auf der Pfalz in seinem kleinen Stüble". Hier entstand in sichtlich sehr kurzer Zeit jene in der Albertina aufbewahrte geistreiche Kohlenzeichnung, welche der Nachwelt ein so sprechendes Bild des „letzten Ritters" überliefert hat (Abb. 89).

gemalt und durch die Zeit sehr getrübt ist, im Germanischen Museum zu Nürnberg, das andere, das in Ölfarben ausgeführt ist, in der Wiener Galerie. Auf ersterem ist der Kaiser im Mantel mit weißem Pelz, mit der Kette des Goldenen Vließes, auf dem anderen in schlichter Kleidung dargestellt (Abb. 91). Beide Male hält er einen Granatapfel in der Hand, wodurch auf eine sinnbildliche Bedeutung, die der Kaiser dieser Frucht beilegte, hingewiesen wird. Aus den Inschriften, welche Dürer den Bildnissen des Kaisers beifügte, fühlt man heraus, wie schmerzlich ihn dessen Hinscheiden ergriffen hatte.
Auf dem Augsburger Reichstag porträtierte Dürer auch den Kardinal Albrecht von Brandenburg, Primas und Kurfürst des Reichs, Erzbischof von Mainz und Magdeburg. Das mit Kohle gezeichnete

Abb. 89. Kaiser Maximilian. Kohlenzeichnung nach dem Leben. In der Albertina zu Wien.
Beischrift: „Das ist kaiser Maximilian den hab ich | Albrecht Dürer zu Augspurg hoch oben auff (der pfalz
in seinem kleinen stüble kunterfert (Do man zalt 1519 am montag nach | Johannes tauffer."

Originalbildnis des erst 28 jährigen Kirchen-
fürsten besitzt ebenfalls die Albertina. Im
folgenden Jahre führte Dürer das Porträt
in Kupferstich aus. Denn der Kardinal
war eine bekannte und beliebte Persönlichkeit,
deren Bild mancher gern besitzen mochte.
Mit diesem prächtigen Blatt eröffnete Dürer
die herrliche Reihe seiner Kupferstichbildnisse.
Die Bildnisdarstellung beschäftigte ihn überhaupt von nun an am meisten. Es ist, als
ob der Meister die ganze gesammelte Kraft
seiner reifsten Jahre auf das eine Ziel gerichtet hätte, das menschliche Antlitz als den
Spiegel des Charakters zu ergründen. —
Von anderweitigen Arbeiten, die aus seiner
nimmer rastenden Hand hervorgingen, zeichnet sich unter den Werken des Jahres 1519
noch der kleine feine Kupferstich aus, der
eine reizvoll ausgeführte Ansicht einer Feste,
welche an die Burg von Nürnberg erinnert,
und davor im Vordergrunde den heiligen
Einsiedler Antonius zeigt: das Stadtbild,
das sich in vielgliederigem Umriß von dem

wolkenlosen Himmel abhebt, und das Bild
des tiefsten Versunkenseins in dem Einsiedler,
der den Kreuzstab neben sich in den Boden
gepflanzt hat, klingen zu einer eigentümlich
träumerischen Stimmung zusammen (Abb. 92).
Im Sommer 1520 trat Dürer eine
Reise nach den Niederlanden an, die sich
über Jahr und Tag ausdehnte. Den An-
stoß zu diesem Unternehmen gab ihm zweifellos der Wunsch, mit Kaiser Maximilians
Nachfolger Karl V, dessen Landung in Antwerpen bevorstand, zusammenzutreffen. Denn
durch den Tod Maximilians war der Fortbezug einer Leibrente von 100 Gulden jähr-
lich, die dieser ihm gewährt hatte, in Frage
gestellt. Die Auszahlung eines Betrages
von 200 Gulden, den der Kaiser ihm auf
die Nürnberger Stadtsteuer angewiesen hatte,
verweigerte der Rat von Nürnberg trotz der
schon ausgestellten kaiserlichen Quittung und
trotz aller Bemühungen Dürers. In diesen
Angelegenheiten erhoffte er von dem neuen
Kaiser Hilfe, wenn es ihm gelänge, dem-

·IMPERATOR·
DIVVS·MAXI·
PIVS·FELIX·

·CAESAR·
MILIANVS·
AVGVSTVS·

Der Lein Fürst Kaÿser Maximilian eiß auff dem 8 eptag des Jenners sein alter in
lrÿ Jarseügtlich von hin herseÿt geschaden. Anno domini 1 5 1 9

Abb. 91. Holzschnittbildnis Kaiser Maximilians vom Jahre 1519.

ietben persönlich nahe zu kommen und sein
Wohlwollen zu erwerben. Daneben trieb
ihn sicherlich das Verlangen, die nieder-
ländische Kunst durch eigene Anschauung
kennen zu lernen.

Am 12. Juli brach Dürer auf, von
seiner Frau und einer Magd begleitet. Am
2. August traf er in Antwerpen ein. Gegen
Ende des Monats begab er sich nach Brüssel,
um sich der Statthalterin der Niederlande,
Kaiser Maximilians Tochter Margareta, vorstellen zu lassen, damit diese sich bei dem
jungen Kaiser, ihrem Neffen, zu seinen
Gunsten verwende. Nach Antwerpen zurück-
gekehrt, wohnte er dem glänzenden Einzug
Karls V bei. Er folgte dann, um eine

Gelegenheit zum Überreichen einer Bittschrift
an den Kaiser zu finden, d... .. Hofe desselben
zur Krönung nach Aachen und weiter nach

mußt. .. ind.ßen verschieben. ..r dann
w.... und Herz... ch... ... ... nach den
... .d. E... hier mal.. ..

Abb. 91. Kaiser Maximilian. Ölgemälde von 1519, in der kaiserl. Gemäldegalerie zu Wien.
Nach einer Feder... ... von A. Dürer in Wien.

Köln. Hier erlangte er am 12. November
die kaiserliche Bestätigungsurkunde für den
Fortbezug seines Jahrgehaltes. Auf die
Auszahlung desjenigen Betrages von Kaiser
Maximilians Schuld, die dieser auf die
Nürnberger Stadtsteuer angewiesen hatte,

Dezember einen Ausflug nach Seeland; im
Frühjahr 1521 besuchte er Brügge und
Gent und um Juni Mecheln. Im Juli
trat er darauf die Heimfahrt an. — In
einem kleinen Skizzenbuch, aus dem noch
manche Blätter in verschiedenen Sammlungen

7*

bewahrt werden, und in einem ausführlichen Tagebuch hat der Meister die Eindrücke dieser Reise festgehalten. Dürers Reisetagebuch ist ein unschätzbares Vermächtnis, nicht nur in Hinsicht auf die Persönlichkeit des Künstlers, sondern auch auf die Kulturgeschichte seiner Zeit.

Der Meister führte einen großen Vorrat von Kunstware, das ist von Holzschnitten und Kupferstichen, bei sich. Wir erfahren aus seinen Aufzeichnungen, wie er gleich nach Antritt seiner Reise sich das Wohlwollen all so bekannt, daß ihn in Boppard sogar der Zöllner frei passieren läßt, obgleich der Freibrief des Bischofs von Bamberg hier nicht mehr galt. Von Köln geht die Reise im Wagen auf der kürzesten Straße nach Antwerpen. In Antwerpen wird Dürer gleich am Abend seiner Ankunft von dem Vertreter des Augsburger Hauses Fugger zu einem köstlichen Mahl geladen. Am darauf folgenden Sonntag geben ihm die Antwerpener Maler ein glänzendes Fest, bei dem er wie ein Fürst geehrt wird und zu

Abb. 92. St. Antonius. Kupferstich vom Jahre 1519.

des Bischofs von Bamberg durch das Geschenk eines gemalten Marienbildes, zweier seiner großen Holzschnittwerke und mehrerer Kupferstiche erwirbt; wie der Bischof ihn darauf in der Herberge als seinen Gast behandeln läßt und ihm drei Empfehlungsbriefe und einen Zollbrief, der sich bei der Weiterreise als sehr nützlich erweisen sollte, mitgiebt. In Frankfurt bekommt er von Jakob Heller Wein in die Herberge geschickt. Auch an vielen anderen Orten findet er Bekannte und Bewunderer, die es sich angelegen sein lassen, ihm Freundlichkeiten zu bezeigen. Von Frankfurt an wird die Reise zu Schiff fortgesetzt. Auf dem Rheinschiff führt Frau Agnes eigene Küche. Dürers Name ist über-

dem ihm auch der Rat von Antwerpen den Willkommenstrunk sendet. Er besucht gleich in den ersten Tagen den Maler Quentin Massys; dann auch den gelehrten Erasmus von Rotterdam. In allen Kreisen erfährt er die größte Liebenswürdigkeit, besonders nehmen sich mehrere reiche Kaufleute verschiedener Nationalität seiner an. Er besichtigt die stolzen Bauwerke Antwerpens und bewundert die großartigen Vorbereitungen, die für den Eintritt des neuen Kaisers getroffen werden. Ein Schauspiel, das ihn entzückt, ist die große Prozession am Sonntag nach Mariä Himmelfahrt mit ihren prunkvollen Aufzügen von Wagen und Schiffen mit lebenden Bildern, mit Reitern

und mannigfaltigen Gruppen, deren Beschreibung Dürer schließlich mit den Worten ab-
bricht, daß er alles das in ein ganzes Buch
nimmer schreiben könnte. — In Brüssel, wo
er von der Statthalterin mit der größten
Leutseligkeit empfangen wird, staunt er die

Orten giebt ihm und einigen vornehmen Herren
vom Hofe ein Essen, dessen Aufwand den
deutschen Meister in Staunen versetzt. —
Beim Einzuge Karls V in Antwerpen weidet
sich das Auge des Malers daran, wie der
Kaiser „mit Schauspielen, großer Freudig-

Abb. 93. Aus Dürers Reiseskizzenbuch: Bildnis des kaiserlichen Hauptmanns Felix Hungersperg.
In der Albertina zu Wien.
„Das ist haubtman felix der köstlich lautenschlaher. — zu antorff (Antwerpen) gemacht. — 1520."

kostbaren Wunderdinge an, die aus dem
neuen Goldlande jenseits des Oceans für
den Kaiser geschickt worden sind, und sein
Herz erfreut sich dabei über „die subtilen
Ingenia der Menschen in fremden Landen".
Er bewundert das herrliche alte Rathaus
und die Werke der großen Maler des ver-
gangenen Jahrhunderts. Mit seinen lebenden Kunstgenossen tritt er auch hier in freund-
lichen Verkehr. Der Maler Bernhard van

feit und schönen Jungfrauenbildern" empfangen wird. Bei der Kaiserkrönung zu
Aachen ist er zugegen und bewundert „all
die köstlichen Herrlichkeiten, dergleichen kein
Lebender etwas Prächtigeres gesehen hat".
Auf der Fahrt von Aachen nach Köln ist
er der Gast der Nürnberger Gesandtschaft,
welche die Krönungsinsignien nach Aachen
gebracht hat. In Köln wohnt er dem glänzenden Fest bei, welches die Stadt zu Ehren

Karls V veranstaltet, und sieht den jungen Kaiser auf dem Gürzenich tanzen. Dürer vergißt aber auch nicht zu vermerken, daß es ihm „große Mühe und Arbeit“ gemacht habe, die Bewilligung seines Bittgesuches zu erlangen. Von den Sehenswürdigkeiten Kolns erwähnt er das Dombild von Meister

Schiff vom Anlegeplatz losgerissen wird in dem Augenblick, wo die Mannschaft und die Mehrzahl der Passagiere dasselbe schon verlassen haben, während er sich mit noch einem Reisenden, zwei alten Frauen, einem kleinen Jungen und dem Schiffsherrn noch an Bord befindet; wie nun das Boot bei starkem

Abb. 94. Studienzeichnung aus Antwerpen (1521): Die Mohrin des portugiesischen Konsuls Brandan. In der Uffizieusammlung zu Florenz.

Stephan besonders, für dessen Aufschließen er zwei Weißpfennige entrichtete. — Die Winterreise nach Seeland unternahm Dürer lediglich, um einen gestrandeten Walfisch zu sehn: doch versäumte er auch hier das Aufsuchen der Kunstwerke nicht. Bei dieser Reise kam er einmal in Lebensgefahr. Er erzählt in sehr anschaulicher Weise diese Begebenheit, wie in Arnemuiden das Boot, in welchem er gekommen, durch ein großes

Wind in die offene See hinaustreibt und eine allgemeine Angst entsteht; wie er dann dem Schiffsherrn zuredet, die Hoffnung auf Gott nicht zu verlieren, und wie sie vereint mit ungeübten Händen ein Segel so weit hoch bringen, daß der Schiffsherr dadurch die Lenkung des Boots wieder einigermaßen in die Hand bekommt, so daß es mit Hilfe herbeirudernder Schiffer wieder gelingt, das Land zu erreichen. — Während des nun

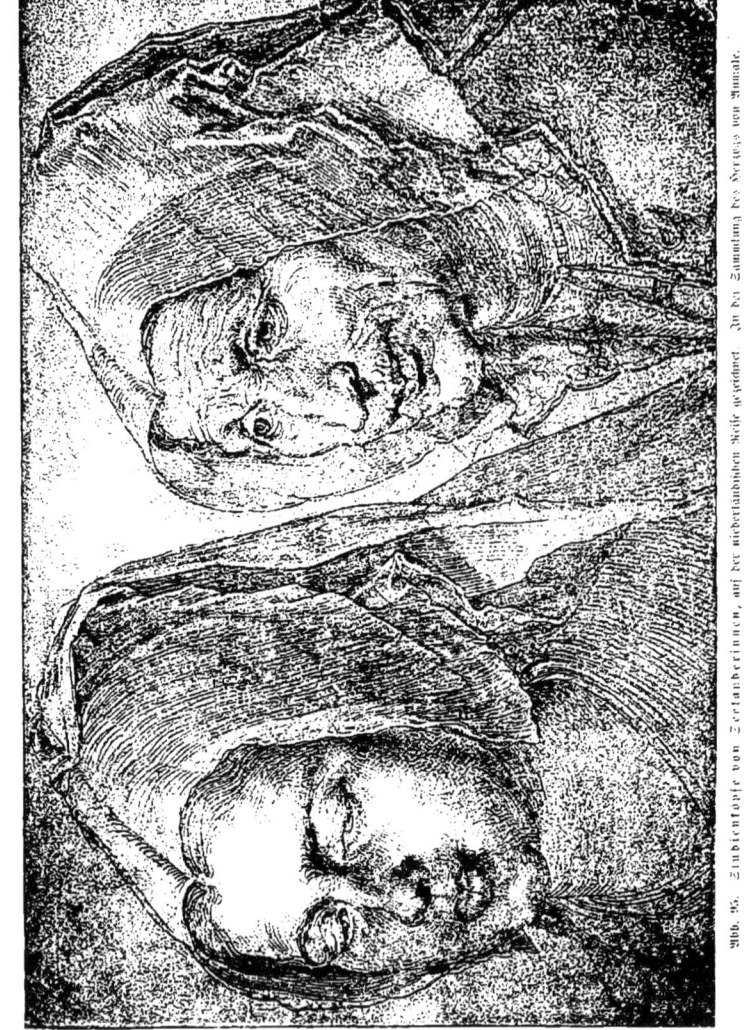

Abb. 85. Taubenköpfe von Zeelandertinnen, auf die niederländischen Weise gezeichnet In der Sammlung des Bergers von Bennale.

Abb. 96. Die Kreuztragung. Federzeichnung aus dem Jahre 1504. In der Albertina zu Wien.

Abb. 97. Die Grablegung. Federzeichnung von 1504. In der Albertina zu Wien.

Abb. 98. Dürers Frau, 1521 auf der niederländischen Reise gezeichnet.
„Das hat albrecht dürer nach seiner hausfrauen conterfet zu antorff in der niederlendischen kleidung
im Jor 1521 Do sy aneinander zu der e gehabt hetten XXVII Jor.“
Im königl. Kupferstichkabinett zu Berlin.

folgenden mehrmonatlichen ruhigen Aufenthalts in Antwerpen führt Dürer ein geselliges,
aber auch thätiges Leben. In der Fastnachts-
zeit wohnt er mit seiner Frau mehreren Lust-
barkeiten bei, und Anfang Mai nimmt er
an der Hochzeitsfeier des „guten Landschafts-
malers" Joachim de Patenier teil, bei welcher
zwei Schauspiele — das erste „sehr andächtig
und geistlich" — aufgeführt werden. — Die
Reise nach Brügge und Gent dient aus-
schließlich dem Zwecke des Kunstgenusses;
die Gemälde von van Eyck, Roger van der
Weiden, Hugo van der Goes und Hans Mem-
ling finden gebührende Würdigung, besonders
die „überköstliche, hochverständige Malerei"
des Genter Altars; auch das marmorne
Marienbild von Michelangelo wird besichtigt.
In beiden Städten veranstaltet die Künstlerschaft Festbankette zu Ehren Dürers.
Ebenso wird er später in Mecheln gefeiert,
wohin er sich hauptsächlich zu dem Zweck,
die Erzherzogin Margareta noch einmal
zu sprechen, begeben hat; er wird von der
Fürstin sehr freundlich aufgenommen, findet

Abb. 99. Studienkopf eines alten Mannes.
Einzelzeichnung auf dunklem Papier, mit Weiß gehöht. Von der niederländischen Reise 1521.
In der Albertina zu Wien.
Die Beischrift Dürers oben am Rande der Zeichnung lautet: „Der Mann war alt 93 Jar und noch gesund und
fermüglich kräftig zu Antorff Antwerpen".

aber mit einem Bild des Kaisers, das er für sie gezeichnet hat, nicht ihren Beifall. Nach der Rückkehr nach Antwerpen macht er die ihn sehr interessierende Bekanntschaft des als Kupferstecher mit ihm wett= eifernden holländischen Malers Lucas van Leyden. — Am Ende seines Antwerpener Aufenthalts widerfuhr ihm noch eine große Ehre. König Christian II. von Dänemark, Schweden und Norwegen, der, aus seinem Reich vertrieben, bei dem Kaiser, seinem Schwager, Hilfe suchte, schickte nach Dürer, um sich von ihm porträtieren zu lassen. Dürer bemerkt, daß der König als ein schöner und mutiger Mann ein Gegenstand der Bewunderung für die Antwerpener ist. Er zeichnet das Bildnis desselben in Kohle, speist mit dem hohen Herrn und begleitet denselben nach Brüssel, wo der Kaiser und die Statthalterin den König festlich empfangen. Darauf giebt König Christian dem Kaiser und der Statthalterin seinerseits ein Bankett, und Dürer ist geladener Gast in dieser hohen Gesellschaft. Zwischen den Festlichkeiten malt er das Bildnis des Königs in Öl mit geliehenen Farben.

Einen großen Raum nimmt in dem Tagebuch die Aufzählung der Geschenke von Kunstwerken ein, welche Dürer nach allen Seiten hin verteilt, bald als Gegengabe für etwas Empfangenes, bald auch, bei Höherstehenden, zu dem Zwecke, sich deren Wohlwollen zu gewinnen. Nicht ohne Bitterkeit ist in den Aufzeichnungen vermerkt, daß „Frau Margareth", die Statthalterin, für das viele, das sie von ihm bekommen, gar nichts wiedergeschenkt habe. Sonst werden die mannigfaltigsten zum Teil kostbaren Geschenke als von ihm empfangen aufgezählt; auch seiner Frau, die sich in Antwerpen ganz häuslich eingerichtet hat, fließen bisweilen Geschenke zu. Dürer erweist sich als ein leidenschaftlicher Sammler von Merkwürdigkeiten. Die Erzeugnisse einer fremdartigen Natur, die ihm die Kaufleute, welche mit überseeischen Ländern in Verkehr stehen, darbringen, sind ihm will=

Abb. 100. Trachtenzeichnung aus dem niederländischen Skizzenbuch. Beischrift: Ein bäurin.) In der Ambrosianischen Bibliothek zu Mailand.
Nach einer Aufnahme von Ad. Braun & Co., Braun, Clément & Cie. Nachf., in Dornach i. Els. und Paris.)

kommene Gaben; auch benutzt er manche Gelegenheit, derartige Dinge käuflich zu erwerben. Aber auch Kunstwerke schafft er sich an. So tauscht er mit Lucas van Leyden eine große Anzahl seiner Blätter gegen dessen ganzes Kupferstichwerk aus. „Wälsche Kunst", das heißt italienische Kupferstiche, kauft er gern, und nachdem er die Bekanntschaft eines Schülers von Raffael, Vincidor von Bologna, der ihn aufsuchte, gemacht, übergibt er demselben sein gesamtes Werk an Holzschnitten und Kupferstichen mit dem Auftrag, ihm dafür „das Werk Raffaels", nämlich die Stiche des Marcantonio, aus Italien kommen zu lassen. Bei einem Besuch in der Werkstatt des berühmten Antwerpener Illuministen Gerhard Horebout erwirbt er eine von dessen Tochter gemalte Miniatur und bemerkt dazu: „Es ist ein groß Wunder, daß ein Frauenzimmer so viel machen kann." — Seine „Kunstwaare" führt er übrigens nicht bloß zum Verschenken und Vertauschen mit sich, sondern er treibt auch einen lebhaften Handel damit; und nicht nur mit der eigenen, sondern er hat auch den Vertrieb von Blättern seiner

Malgerät hat er nur Wasserfarben, mit denen er sowohl auf Papier, als auch auf „Tüchlein" malte, mitgenommen. Aber schon bald nach dem ersten Eintreffen in Antwerpen sieht er sich genötigt, sich von Joachim de Patenier Ölfarben und einen Gesellen zu leihen. Seine Kunstfertigkeit wird nach allen Seiten hin in Anspruch genommen; nicht nur durch das Zeichnen und Malen von Bildnissen, sondern auch durch mancherlei

Abb. 101. Kaiser Maximilian auf dem Triumphwagen bekränzt von den Figuren der Tugenden.
Bruchstück in stark verkleinerter Nachbildung aus dem großen Holzschnitt „Triumphwagen Maximilians" (1522.

Freunde, unter denen er den „Grünhans" — Hans Baldung Grien — besonders nennt, übernommen. Wir erfahren aus dem Tagebuch, zu welch niedrigen Preisen die jetzt so kostbaren Stiche Dürers damals verkauft wurden. Denn über alle Einnahmen und Ausgaben — unter den letzteren eine wahre Unmenge von Trinkgeldern — ist sorgfältig Buch geführt; dabei sind einige kleine Verluste im Spiel ebensowenig vergessen, wie der Verlust, der dadurch entstand, daß Frau Agnes einmal der Geldbeutel abgeschnitten wurde. Auch über Dürers künstlerische Thätigkeit ist Buch geführt. Von

anderes: so muß er dem Leibarzt der Erzherzogin Margareta den Plan zu einem Haus anfertigen, den Goldschmieden in Antwerpen macht er Vorlagen für Schmucksachen und einer Kaufmannsgilde eine Vorzeichnung für eine in Stickerei auszuführende Heiligenfigur, er zeichnet Wappen für vornehme Herren und entwirft Maskenkostüme zu dem Fastnachtsmummenschanz.

Dürers Aufzeichnungen sind im allgemeinen ganz knapp und kurz gehalten, und doch ist bisweilen in den wenigen Worten ein lebendiges Bild von einer Person oder einem Vorgang gegeben. Zu ausführ-

Abb. 102. Bildnis, mutmaßlich des Nürnberger Patriziers Hans Imhof des älteren. Ehemals aus dem Jahre 1701. Im Besitz des J. Wieder.
Nach einer Aufnahme von Br. Braun & Co., Dornach, Paris u. Mülhausen. Zürich, Dornach und Paris.

Abb. 103. Tanzende Affen, mit der Feder auf die Rückseite eines Briefes gezeichnet „1523
(am Tag nach Andreä zu Nürnberg". Im Museum zu Basel.
(Nach einer Aufnahme von Ad. Braun & Co., Braun, Clément & Cie. Nchfl., in Dornach i. Elf. und Paris.)

licherem Bericht reizen ihn manchmal die
Festlichkeiten; so schildert er namentlich das
erste große Fest, das die Antwerpener Künstlerschaft ihm gab, mit vielem Behagen.

Überall blickt in dem Tagebuch der be-
obachtende Maler durch, dessen Augen immer
beschäftigt sind. Bald ist es die Ansicht
einer Stadt, bald die Aussicht von einem
Turm, hier eine Gartenanlage, da ein Gebäude, was die Aufmerksamkeit des Meisters
fesselt; hier hält er ein hübsches Gesicht
und dort die zu Markte gebrachten stattlichen
Hengste der Erinnerung für wert. Als
echter Renaissancekünstler bemerkt er im
Aachener Münster sogleich, daß die dort

„eingeflickten" antiken Säulen kunstgerecht
nach des Vitruvius Vorschrift gemacht seien.

Auch die weltgeschichtlichen Ereignisse,
die damals Deutschland bewegten, nehmen
seine Aufmerksamkeit in Anspruch. Durch
die Nachricht von Luthers Gefangennahme
wird er tief erschüttert. An dem Tage, wo
er hiervon gehört hat, flicht er ein langes
inbrünstiges Gebet in seine Aufzeichnungen
ein. Er läßt erkennen, daß er mit der
ganzen Aufrichtigkeit und tiefen Frömmigkeit seines Herzens dem Unternehmen der
Reformation zugethan ist, doch ohne zu
ahnen, daß eine Kirchentrennung daraus
hervorgehen würde.

SIC·OCVLOS·SIC·ILLE·GENAS·SIC·ORA·FEREBAT·
ANNO·ETATIS·SVE·XXXIII

ALBERTVS·MI·DI·SA·SANC·ROMANAE·ECCLAE·TI·SAN·
CHRYSOGONI·PBR·CARDINA·MAGVN·AC·MAGDE·
ARCHIEPS·ELECTOR·IMPE·PRIMAS·ADMINI·
HALBER·MARCHI·BRANDENBVRGENSIS·

Abb. 101. Kupferstichbildnis des Kardinals Albrecht von Brandenburg („der große Kardinal").
„1523.
So sah er aus, das sind seine Augen und Wangen und Lippen.
In seinem 31. Lebensjahre.
Albrecht, durch Gottes Barmherzigkeit der hochheiligen römischen Kirche Kardinalpriester mit dem Titel von
St. Chrysogonus, Erzbischof von Mainz und Magdeburg, Kurfürst, Primas des Reiches, Administrator von Halber-
stadt, Markgraf von Brandenburg."

Wenn wir lesen, wie unglaublich viel Albrecht Dürer während seines Aufenthaltes in den Niederlanden, zwischen all den Festlichkeiten, den Besuchen bei hoch und niedrig, dem Betrachten der Sehenswürdigkeiten, dem Hin- und Herreisen zu Wagen, zu Roß und zu Schiff, immer und überall für andere zeichnete und malte, so erscheint es uns kaum begreiflich, daß er immer noch Zeit fand, an sein eigenes Studium zu denken. Und doch hat er außer dem mit zum Teil höchst sorgfältigen Zeichnungen wohlgefüllten Skizzenbuch auch eine Anzahl mit allem Fleiße ausgeführter größeren Studienblätter mit heimgebracht. Treffliche Proben von Dürers Thätigkeit auf der Reise geben die in den Abbildungen 93, 94, 95 vorgeführten Blätter: die schnelle und scharfe Federzeichnung, durch die Dürer sich die Züge eines Mannes aufbewahrte, dessen Lautenspiel er bewundert hatte und mit dem er, wie eine spätere nochmalige Ausführung von dessen Bildnis beweist, näher bekannt wurde; die mit breitem Metallstift in großem Maßstabe kräftig ausgeführten Köpfe einer alten und einer jungen Seeländerin; die feine Stiftzeichnung, in der er die seltene Gelegenheit, eine Negerin zu zeichnen, mit eingehender Beobachtung

- CHRISTO · SACRVM ·
- ILLE · DEI VERBO · MAGNA PIETATE · FAVEBAT ·
- PERPETVA · DIGNVS · POSTERITATE · COLI ·

- D · FRIDR · DVCI · SAXON · S · R · IMP ·
- ARCHIM · ELECTORI ·
- ALBERTVS · DVRER · NVR · FACIEBAT ·
- B · M · F · V · V ·
- M · D · XXIIII ·

Abb. 105. Kupferstichbildnis Kurfürst Friedrichs des Weisen.
Unterschrift: „Christo geweiht. — Dieser hat Gottes Wort mit der größten Ergebung gefördert; Ewigen Nachruhms ist würdig darum er fürwahr. — Für Herrn Friedrich, Herzog von Sachsen, des h. römischen Reichs Erzmarschall, Kurfürst, gemacht von Albrecht Dürer aus Nürnberg. — B · M · F · W · unverkäuflich) 1521.

Knackfuß, Albrecht Dürer.   8

ausgenützt hat. Die Krone von Dürers auf
der Reise gesammelten Studien ist der in
schwarz und weiß, mit dem Tuschpinsel und
der Schwanenfeder auf grau getöntes Papier
gezeichnete lebensgroße Kopf eines dreiund-
neunzigjährigen Alten (Abb. 99), der ihm
zu Antwerpen mehrmals Modell gesessen
hat. Es ist bezeichnend für des Meisters
unermüdlichen Arbeitstrieb, daß er, wenn
sich ihm gerade nichts anderes darbot, zu
dem Nächstliegenden gegriffen und seine Frau
porträtiert hat; eine große, mit dem Metallstift auf dunkel grundiertem Papier ausgeführte Zeichnung im Kupferstichkabinett zu
Berlin zeigt uns Frau Agnes in dem niederländischen Kopftuch, das der Gatte ihr von

der Reise nach Seeland mitgebracht hatte
(Abb. 98). Aber nicht bloß Köpfe waren
es, die er seinen Studienmappen einverleibte,
sondern auch mancherlei andere Dinge zeichnete er auf, wie Ansichten des Hafens und
der Kathedrale von Antwerpen oder auf-
fallende Landestrachten (Abb. 100) oder einen
Löwen, den er im Zwinger zu Gent be-
obachtete. Selbst auf der Fahrt blieb er
nicht müßig. Ein Skizzenbuchblatt (im
Berliner Kupferstichkabinett) zeigt eine vom
Rheinschiff aus gezeichnete Ansicht der Ufer-
höhen bei Andernach und davor das Brustbild eines Reisegefährten; ein anderes, bei
Boppard gezeichnet, (in der kaiserlichen Hof-
bibliothek zu Wien) zeigt wiederum Frau

B ILIBALDI · PIRKEYMHERI · EFFIGIES ·
· AETATIS · SVAE · ANNO · L · III ·
VIVITVR · INGENIO · CAETERA · MORTIS ·
· ERVNT ·
M · D · X X · I V ·

Abb. .. Willibald Pirkheimers Bildnis aus dem 53. Jahre seines Lebens, Kupferstich von 1521.
„Man lebt durch seinen Geist, das übrige gehört dem Tode.“

Agnes, dieses Mal in dichte Kopftücher ein-
gemummt. — Von den Gemälden, welche
Dürer in den Niederlanden anfertigte, haben
sich das Wasserfarbenbildnis eines alten
Herrn mit roter Kappe (im Louvre) und
das mit Ölfarben gemalte Porträt des
Malers Bernhard van Orley (in der Dresdener Gemäldegalerie) erhalten.

Als Dürer im Sommer 1521, wohl-
daß der Kaiser allein, ohne seine Familie,
in der allegorischen Umgebung erschien.
In dieser Gestalt gab er den „Triumphwagen" im Jahre 1522 auch in Holzschnitt heraus (daraus Abb. 101). Für
die nächstgrößte Fläche der zu bemalenden
Saalwand entwarf der Meister als Warnung
vor vorschnellem Richterspruch eine Allegorie
der Verleumdung, nach einer vielgelesenen

Abb. 107. Die Anbetung der heiligen drei Könige. Federzeichnung von 1521.
In der Albertina zu Wien.
(Nach einer Aufnahme von Ad. Braun & Co., Braun, Clément & Cie. Nchfl., in Dornach i. Elf. und Paris.)

versehen mit Geschenken für seine Freunde,
heimgekehrt war, wurde ihm alsbald ein
Auftrag von seiten seiner Vaterstadt zu teil.
Der Rat übertrug ihm die Anfertigung der
Entwürfe zur Ausmalung des Rathaussaales.
Die dreifache Bestimmung des Saales, zu
Reichstagen, Gerichtssitzungen und Festlichkeiten, war maßgebend für die Wahl der
Gegenstände. Die kaiserliche Majestät ward
verherrlicht durch jene für Maximilian angefertigte Komposition des „Großen Triumph-
wagens", die Dürer jetzt dahin veränderte,
Beschreibung eines Gemäldes des Apelles.
Dieser Entwurf, eine ausgeführte Federzeichnung von 1522, wird in der Albertina
aufbewahrt. Für das kleinere Mittelfeld
zwischen den beiden großen Bildern ward
eine lustige Darstellung bestimmt, die unter
dem Namen „der Pfeiferstuhl" bekannte
Gruppe von sieben Stadtmusikanten und
sieben anderen volkstümlichen Figuren. —
Dürer lieferte bloß die „Visierungen" zu
diesen Gemälden, die Ausführung geschah
durch andere Hände. Die Wandgemälde sind

Abb. 78. Bildnis des Johannes Kleeberger aus Nürnberg, in seinem 40. Lebensjahre. Eigentum des Fürst Do dio kaiserl. Gemäldegalerie zu Wien. Nach einer Photographie von J. Löwy in Wien.

... verbunden, aber nie eigentlich und sehr leicht malten.

Dürers Hauptwerke aus dieser Zeit sind in den nachfolgenden Jahren waren Nürnberg. Mit der Jahreszahl 1521 bezeichnet ist ein auf unbekanntem Wege in den Besitz des Königs Philipp IV. von Spanien gelangtes Brustbild eines alten Herrn in Pelz und rotem schwarzen Hut ...
Die Geschichte, in dem man sie Dürers ... der Jahren aus Nürnberg ...
... Bilder im Brudermuseum ...

Mit welcher Kraft Dürer sein Leben lang an seiner künstlerischen Vervollkommnung gearbeitet hat, das wird einem nirgendwo so deutlich wie hier, wo man die beiden Bildnisse, von denen das eine dem ersten, das andere dem letzten Jahrzehnt von des Meisters Tätigkeit angehört, bei einander sieht. Das jugendliche Selbstbildnis erscheint in dieser Umgebung dem verwöhnten Auge *spouse* des Beschauers sehr herb. Das Bildnis von 1521 aber sieht jede Nachbarschaft aus. Es ist etwas unerhörtes Vollkommenes. Es besitzt malerische Eigenschaften, durch die es *qualiti* höher den hochbedeutendsten Bildnissen, welche *celebra* Dürer einige Jahre später malte, überlegen *adj.* ist. — 1522 vollendete Dürer das große *super* prächtige Holzschnittbildnis des kaiserlichen Rates und Protonotars beim Reichskammergericht, Ulrich Varnbüler, eines dem Meister eng befreundeten Mannes. Später folgte das kleine Holzschnittporträt des Humanisten

Porträt von 1519 „der große Kardinal" genannt, Abb. 104 im Jahre 1523, das letztere 1524 Abb. 105

Würdig schloß sich diesem herrlichen Kupferstichbildnisse dasjenige des allseit verehrten

Abb. 109. Philipp Melanchthon. Kupferstichbildnis aus dem Jahre 1526.
„Lebenszeiten konnte Dürer Philippus' Züge abbilden,
Seinen Verstand konnte nicht malen die kundige Hand."

Eobanus Hessus. Wahrscheinlich bei Gelegenheit des Nürnberger Reichstages von 1522 bis 1523 porträtierte Dürer zum zweitenmal den Kardinal Albrecht von Brandenburg und dann auch seinen älteren fürstlichen-Gönner, Friedrich den Weisen von Sachsen. Beide Bildnisse stach er in Kupfer, das erstere zum Unterschied von dem kleinen

Freundes Willibald Pirkheimer am gleichfalls 1524, Abb. 106, der nicht nur als Gelehrter, sondern auch als Staatsmann und Truppenführer seinen Namen berühmt gemacht hatte. Im Jahre 1526 entstanden dann die Kupferstichporträts des Erasmus von Rotterdam, den Dürer in den Niederlanden zweimal nach dem Leben gezeichnet

Bildnis des Nürnberger Ratsherrn Jakob Muffel. Eigemälde von 1526.
Im k. k. Museum zu Berlin.
Photographie von Franz Hanfstaengl in München.

Abb. 111. Bildnis des Nürnberger Ratsherrn Hieronymus Holzschuher. Ölgemälde von 1526.
Im königl. Museum zu Berlin.
Nach einer Photographie von Franz Hanfstängl in München.

Abb. 112. Marienbild. „Madonna mit dem Apfel“. Tempera von 1526.
In der Pinacothek zu Parma.
Nach einer Photographie von Giacomo Brogi in Florenz.

Die Apostel Johannes und Petrus.
(2. c. 142.) In der königl. Pinakothek zu
München.
... von Frz. Hanfstängl in München.

... des Melanchthon (Abb. 109),
... damals wiederholt in Nürnberg
... die Einrichtung des neu=

gegründeten Gymnasiums zu leiten, und
den mit Dürer ein Band gegenseitiger
Bewunderung und Zuneigung verknüpfte.
— Das waren des Meisters letzte Kupfer=
stiche.

In das Jahr 1526 fällt auch die
Entstehung der letzten gemalten Bildnisse
Dürers. Darunter ist dasjenige des Jo=
hann Kleeberger, des Schwiegersohnes des
Wilibald Pirkheimer, das sich in der
kaiserlichen Gemäldegalerie zu Wien be=
findet, befremdlich wegen der vom Be=
steller aus gelehrter Liebhaberei für das
klassische Altertum gewünschten Dar=
stellungsweise. Kleebergers Bildnis ist,
in Anlehnung an altrömische Darstellungen,
als Büste gedacht, die in einen Stein=
rahmen eingesetzt ist, und man sieht, daß
Dürer mit der Lösung des Widerspruchs,
daß er ein naturgetreues Porträt eines
lebendigen Mannes malen und daß dieses
Porträt zugleich den Eindruck eines be=
malten Steinbildwerks machen sollte, nicht
recht fertig geworden ist (Abb. 108).
Um so dankbarer war für den Meister
die Aufgabe, die charaktervollen Köpfe
zweier älteren Herren zu malen, die in
den höchsten Ämtern der Stadt Nürnberg
standen und die beide mit ihm befreundet
waren. Das sind die jetzt im königlichen
Museum zu Berlin befindlichen herrlichen
Bildnisse des Jakob Muffel, eines ernsten,
bedächtigen, schon etwas lebensmüde aus=
sehenden Mannes mit glattrasiertem Ge=
sicht (Abb. 110), und des Hieronymus
Holzschuher, aus dessen gesundfarbigem,
von Silberlocken und weißem Bart um=
rahmten Gesicht die Augen mit Jünglings=
feuer herausblitzen (Abb. 111). Beide
Bildnisse sind großartige Meisterwerke;
aber die Erscheinung des alten Holzschuher
hat für den Maler doch einen besonderen
Reiz gehabt, so daß er in diesem im
vollsten Sinne lebensprühenden Bilde eines
seiner allervorzüglichsten Werke schuf.

Schon während des Aufenthalts in den
Niederlanden hatte Dürer den Plan ge=
faßt, noch einmal — zum fünftenmale
— das Leiden Christi in zusammen=
hängender Folge zu schildern. Das zur
Ausführung in Holzschnitt bestimmte Werk
kam als solches nicht zustande; auch von den
Entwürfen wurde nur ein kleiner Teil fertig.
Aber diese Entwürfe, Federzeichnungen in

breitem Format, sind wieder kostbare
Schöpfungen. Wie alle früheren Passions-
werke sind sie durch eine einheitliche
dichterische Stimmung miteinander verbunden. Die mehrfache Wiederholung
eines und desselben Gegenstandes weist
darauf hin, daß Dürer sich bei diesen
Kompositionen nicht leicht entschließen
konnte, eine für befriedigend zu erklären;
und deswegen hat er wohl, in dem Gefühl, daß es ihm unmöglich sei, in diesem
Werk sich selbst völlig Genüge zu thun,
das Ganze aufgegeben. Die frühesten der
Blätter sind zwei Darstellungen der Kreuztragung, beide im Jahre 1520, also noch
in Antwerpen, gezeichnet und beide jetzt
in Florenz befindlich. Die eine zeigt einen
figurenreichen Zug, der eben das Stadtthor verläßt; das gaffende Volk drängt
sich von beiden Seiten; die Roheit der
Kriegsknechte, die dem Zuge Bahn machen,
und die über die Stockung, die das
Niedersinken des Christus verursacht, in
Zorn geraten, ist mit unbarmherziger
Wahrheit geschildert. Man sieht hier
deutlich die Einwirkung niederländischer
Kunstweise. Auch das andere Blatt zeigt
eine dichte Menschenmenge, von so natür-
licher Anordnung, daß man die Masse
leben und sich bewegen sieht; aber jene
Schroffheiten sind vermieden. Christus
ist nicht im Augenblick des Niedersinkens
dargestellt, sondern wie er mühsam unter
der Last des schweren Kreuzes schreitet,
— und das wirkt fast noch rührender
(Abb. 96). Von 1521 sind drei Zeichnungen der Grablegung (eine in Florenz,
eine in Frankfurt, eine im Germanischen
Museum zu Nürnberg), die, bei sonstiger
großer Verschiedenheit untereinander, das
von der üblichen Darstellungsweise Ab-
weichende gemeinsam haben, daß ein förm-
licher Leichenzug an uns vorüberzieht.
Auf dem Florentiner Blatt schreitet Joseph
von Arimathia mit anderen Personen,
welche Spezereien und Tücher tragen,
dem heiligen Leichnam voraus; an die
kleine Schar der Angehörigen und Getreuen, welche folgt und aus der nur
Magdalena laut jammernd an die Seite
des Toten herausgetreten ist, hat sich, aus
dem Stadtthor kommend, ein Gefolge von
Menschen angeschlossen, die, ebenso wie einige
den Zug betrachtende Männer, nicht sowohl

Abb. 111. Der Evangelist Marcus und der
Apostel Paulus. Gemälde von 1526. In der königl.
Pinakothek zu München.
Nach einer Photographie von Franz Hanfstängl in München.

durch Verehrung für den zu Grabe Getragenen, als vielmehr durch Neugierde herbei-
geführt worden sind (Abb. 97). Also auch hier

Betonung eines naturgetreuen Volkslebens. Im Jahre 1523 zeichnete Dürer einen Entwurf zum letzten Abendmahl (in der Albertina), der ebenfalls von der üblichen Darstellungsweise in der Anordnung abweicht: Christus sitzt nicht in der Mitte, sondern am Kopfende der langen Tafel. In einer auf Holz übertragenen Zeichnung aus demselben Jahre aber hat Dürer die Komposition in einer Weise angeordnet, die derjenigen von Leonardo da Vincis Freskogemälde ähnlich ist. Dem Format und der Art der Zeichnung nach gehört zu dieser Folge von Bildern aus dem Leben des Erlösers auch das schöne Blatt in der Albertina, welches die Anbetung der heiligen drei Könige in einer so idyllich und herzlich empfundenen und zugleich so großartigen Komposition zeigt (Abb. 107). Zur Ausführung in Holzschnitt kam von alledem nur die erwähnte eine Darstellung des letzten Abendmahls.

Der letzte Holzschnitt religiösen Inhalts, den Dürer herausgab — im Jahre 1526 —, war eine heilige Familie: ein kleines, fein gezeichnetes liebliches Bild, von eigenartig poetischer Wirkung dadurch, daß die Glorienscheine, welche die Häupter der Mutter und des Kindes umleuchten, mit ihren Strahlen die ganze Luft erfüllen.

Der kirchlichen Malerei waren jene Jahre, in denen die Reformation in Nürnberg eingeführt wurde und die beunruhigten Gemüter hin und her schwankten, nicht günstig. Im Jahre 1523 wurde in Dürers Werkstatt ein kleines Altarwerk fertig. Die zerstreuten Bruchstücke dieses Werkes, das als der Jabachsche Altar bezeichnet zu werden pflegt, weil es während der längsten Zeit seines Bestehens die Hauskapelle der Familie Jabach in Köln schmückte, befinden sich in der Münchener Pinakothek, im städtischen Museum zu Köln und im Städelschen Institut zu Frankfurt. Dürer selbst hat daran wohl keinen Strich gemalt. Vielleicht war die Bestellung eben dieses Altars die Veranlassung, daß er überhaupt wieder Gehilfen annahm, deren er sich sonst, wie es scheint, seit dem Jahre 1509 nicht mehr bei der Ausführung seiner Arbeiten bedient hatte.

Im Jahre 1526 malte Dürer noch ein kleines Andachtsbild: die Jungfrau Maria etwas mehr als Brustbild, wenig unter Lebensgröße —, mit dem Jesuskind auf dem Arm, für das sie einen Apfel bereit hält. Das Kind, das eine Kornblume im Händchen hält, ist in ganz unbefangener Kindlichkeit dargestellt. Die Jungfrau ist sehr lieblich in ihrem sanften und bescheidenen Ausdruck; aber der Versuch, die Form zu idealisieren, der in dieser späten Zeit des Meisters doppelt befremdlich wirkt, ist nicht ganz glücklich ausgefallen. Ein eigentümlich schwermütiger Ton liegt über dem Bilde (Abb. 112).

In dem nämlichen Jahre vollendete Dürer das letzte große Werk seiner Malerei: die beiden Tafeln mit den Aposteln Johannes und Petrus einerseits und Paulus und Marcus andererseits, die, bekannt unter dem Namen „die vier Apostel" oder „die vier Temperamente" jetzt in der Münchener Pinakothek prangen. Schon seit Jahren hatte er sich damit beschäftigt, die Apostel in Charaktergestalten zu verbildlichen. Fünf Apostelfiguren führte er in Kupferstich aus in den Jahren 1514 bis 1526; aber er führte die Reihe nicht zu Ende. Es drängte ihn, gleichsam ein großes Schlußwort seiner Kunst in den gemalten Apostelbildern auszusprechen, zu denen die Studien bis in das Jahr 1523 hinaufreichen. Seit dem Dezember 1520, wo er auf der Reise nach Seeland zum erstenmale von einem heftigen Unwohlsein ergriffen wurde, kränkelte Dürer. Jetzt fühlte er, daß die Tage seiner Schaffenskraft gezählt seien. Vor seinem Ende wollte er seiner geliebten Vaterstadt ein künstlerisches Vermächtnis übergeben, und dazu wählte er die Apostelbilder. Aus einer tiefernsten Stimmung heraus, aber mit jugendlicher Kraft schuf er diese mächtigen lebensgroßen Gestalten, in denen seine schöpferische Fähigkeit, Charakterbilder ins Dasein zu rufen, auf ihrer größten Höhe erscheint. Die ganze Liebe, die er auf eine sorgfältige Ausführung zu verwenden vermochte, hat er diesem Werke gewidmet, aber alles Kleinliche hat er vermieden. Er hat hier jene erhabene Einfachheit erreicht, die er, wie er einst Melancholie voll Schmerz über seine Unvollkommenheit gestand, zwar als den höchsten Schmuck der Kunst erkannt, aber niemals erlangen zu können geglaubt hatte. In mächtiger Größe treten die Gestalten aus einem leeren schwarzen Hintergrund heraus. Die ganze Aufmerksamkeit des Beschauers wird auf die vier Köpfe gelenkt. Die beiden Gewänder, welche den größten

Abb. 115. Der große Christustopf. Nach Dürers Tod ausgeführter Holzschnitt

Abb. 116. Das Löwenwappen mit dem Hahn. Kupferstich.

Raum der Bildflächen einnehmen, der weiße Mantel des Paulus und der rote des Johannes, sind mit einer einfachen Großartigkeit angeordnet, die mit der Großartigkeit der Köpfe in vollem Einklang steht (Abb. 113 und 114). Die große Verschiedenheit der Köpfe hat schon zu Dürers Lebzeiten die Ansicht aufkommen lassen, daß hier zugleich die vier Temperamente dargestellt seien. Bei der großen Bedeutung, welche die damalige Wissenschaft den sogenannten Temperamenten oder Flüssigkeitsmischungen im menschlichen Körper, der „feurigen, luftigen, wässerigen oder irdischen Natur" beilegte, ist es gar nicht unwahrscheinlich, daß Dürer selbst auch an diese Unterscheidungen gedacht habe. Was der ernst sinnende Johannes, der ruhige

Petrus, der lebhafte Marcus und der feurige Paulus dem Beschauer sagen wollen, das hat der Maler durch die Unterschriften erläutert, welche er den Bildern hinzufügte: „Alle weltlichen Regenten in diesen gefahrvollen Zeiten sollen billig acht haben, daß sie nicht für das göttliche Wort menschliche Verführung annehmen, denn Gott will nichts zu seinem Worte gethan, noch davon genommen haben. Darum höret diese trefflichen vier Männer Petrum, Johannem, Paulum und Marcum." Als „ihre Warnung" werden nun die Stellen aus dem zweiten Brief des Petrus, aus dem ersten Brief des Johannes, aus dem zweiten Brief des Paulus an Timotheus und aus dem zwölften Kapitel des Marcusevangeliums angeführt, welche vor

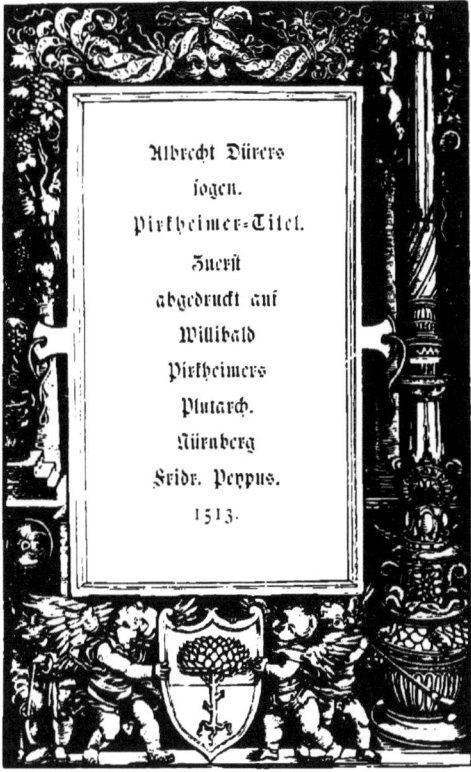

Albrecht Dürers

sogen.

Pirkheimer=Titel.

Zuerst

abgedruckt auf

Willibald

Pirkheimers

Plutarch.

Nürnberg

Fridr. Peypus.

1513.

Abb. 117.

Gemälde gelegt habe, achte ich niemand würdiger dieses zu einer Gedächtnis zu behalten als Eure Weisheit, deshalb ich auch dieselbe hiermit Eurer Weisheit verehre, unterthänigerweise bittend, dieselben wollen dieses kleine Geschenk gefällig und günstig annehmen und meine günstigen gnädigen Herrn, wie ich bisher allbei gefunden habe, sein und verbleiben."

Ein Jahrhundert lang hingen die beiden Gemälde in der Sitzungsstube der ersten Würdenträger von Nürnberg. Dann erwarb sie Kurfürst Maximilian von Bayern. Dieser ließ auf die Vorstellungen des Rats von Nürnberg die bedenklich erscheinenden Unterschriften von den Tafeln absägen und an die Kopie ansetzen, welche die Nürnberger anstatt der Originale behielten.

Mit dem an Meisterwerken so reichen Jahre 1526 war Dürers künstlerische Thätigkeit im wesentlichen abgeschlossen.

Sehr Vieles und unendlich Großes hatte er geschaffen als Maler, Kupferstecher und Zeichner für den Holzschnitt. Für die erhabensten Figuren der christlichen Kunst hatte er eine Gestaltung gefunden, welche seither maßgebend geblieben ist. Der von ihm geschaffene Christuskopf, namentlich der dornengekrönte, auch im Leiden majestätische (s. Abb. 70), wird niemals überboten werden können; nicht mit Unrecht ist ein erst nach Dürers Tod erschienener, aber zweifellos auf seiner Vorzeichnung beruhender Holzschnitt, der in einem Haupt Christi von doppelter Lebensgröße das qualvollste Leiden und zugleich die Überwindung des Leidens veranschaulicht, das Leiden als gewollte That darstellt, als das christliche Gegenstück des olympischen Zeus gepriesen

falschen Propheten und Sektierern, vor Leugnern der Gottheit Christi, vor Lasterhaften und vor hoffärtigen Schriftgelehrten warnen. Mit diesen mahnenden Unterschriften versehen verehrte Dürer die beiden Tafeln im Herbst 1526 seiner Vaterstadt zu seinem Andenken. Rührend ist die Bescheidenheit des Begleitschreibens, mit dem er dieselben an den Rat überjandte: „Dieweil ich vorlängst geneigt gewesen wäre, Eure Weisheit mit einem kleinwürdigen Gemälde zu einem Gedächtnis zu verehren, habe ich doch solches aus Mangelhaftigkeit meiner geringgeschätzigen Werke unterlassen müssen. Nachdem ich aber diese vergangene Zeit eine Tafel gemalt und daran mehr Fleiß denn auf andere

Bonsdeo

worden (Abb 115). Daneben hatte er es
nicht verschmäht, die Größe seines Könnens
auch scheinbar kleinen Dingen zuzuwenden.
Er zeichnete prächtige Wappen und gab
damit das Schönste, was die Renaissance
auf heraldischem Gebiet hervorgebracht hat
(Abb. 116). Er erfand Titelverzierungen
für Bücher (Abb. 117) und entwarf ge=
schmackvolle Buchzeichen (,,Ex-libris“) für
die Bibliotheken seiner Freunde (Abb. 118
und 119). Er konstruierte Alphabete und
trug durch seine mustergültigen lateinischen
Buchstaben (vergl. Abb. 2) mit bei zur
Renaissance der Schrift — eine Renaissance,
die freilich in Deutschland unvollständig
blieb, da wir ja heute noch an der augen=
verderbenden spätgotischen Schrift mit ihren
kantigen kleinen und ihren wunderlich
verschrobenen großen Buchstaben mit sonder=
barer Hartnäckigkeit festhalten - -. Er bildete
Naturmerkwürdigkeiten ab zur Befriedigung
der öffentlichen Neugierde, und er fertigte
Entwürfe architektonischer und kunstgewerb=
licher Art an, sowohl zum Zwecke allge=
meiner Belehrung, als auch zu besonderen
Zwecken für seine Bekannten. Maler und
Bildner verdankten seiner Liebenswürdigkeit
Vorbilder für ihre Werke. So giebt es von

ir. and to

Abb. 119. Bücherzeichen des Probstes von
St. Lorenz in Nürnberg, Hektor Pomer, Holzschnitt.
Unterschrift in drei Sprachen: „Dem Reinen ist alles rein.“

SIBI ET AMICS.P.

LIBER BILIBALDI PIRCKHEIMER

Abb. 118. Bücherzeichen Pirkheimers, Holzschnitt.
Mit dem Pirkheimerschen und Rieterschen Wappen, demnach
vor dem Tode von Pirkheimers Gattin Crescentia Rieter
(1504) gezeichnet. „Für sich und seine Freunde aufgestellt.
Buch des Willibald Pirkheimer.“

Knackfuß, Albrecht Dürer.

seiner Hand eine Skizze zu einem von Hans
von Kulmbach ausgeführten Gemälde und
eine solche zu einem von Peter Vischer ge=
gossenen Grabmal (Abb. 84). Seine Ge=
fälligkeit kam jedem an ihn gerichteten
Wunsch entgegen; ein merkwürdiges Beispiel
giebt die Zeichnung eines Affentanzes, die
er in einem (im Museum zu Basel bewahrten)
Brief an den Magister Felix Frey in Zürich
schickte, mit der Entschuldigung, daß er die
Zeichnung nicht besser habe machen können,
weil er lange keinen lebenden Affen gesehen
hätte (Abb. 103). Gern stellte Dürer, der
emsige Forscher, seine Handfertigkeit in den
Dienst der Wissenschaft, nicht nur wenn es
sich um die bildliche Ergänzung der von
ihm selbst verfaßten Fachschriften handelte;
er hat auch für seinen Freund Stabius Erd=
und Himmelskarten ausgeführt. Auch was
er als Knabe in der Goldschmiedewerkstatt
seines Vaters gelernt hatte, verwertete Dürer
gelegentlich. So gravierte er zum Schmucke
eines Schwertgriffs für den Kaiser Maxi=
milian ein Goldplättchen mit der Kreuzigungs=
gruppe; das Plättchen selbst ist verschwunden,

9

nur einige Abdrücke desselben, bekannt unter dem Namen „der Degenknopf", sind noch vorhanden (Abb. 127). Für ein Kästchen, das einem Fräulein Imhof geschenkt wurde und welches sich heute noch zu Nürnberg im Besitz dieser Familie befindet, lieferte er ein in Silber gegossenes Relief, das eine anmutige weibliche Gestalt zeigt.

Um Dürer ganz kennen und würdigen zu lernen, muß man sich mit der Betrach-

bald liebevoll durchgearbeiteten Studien und Skizzen zu Tage. An erster Stelle stehen hier die Köpfe. In diesen Abschriften der Wirklichkeit, mögen sie in großem oder in kleinem Maßstabe, mit dem Pinsel, der Feder, dem Stift oder der Kohle gezeichnet sein, lebt eine Naturfrische, die sich so ganz und voll nur selten in den ausgeführten Gemälden bewahren ließ. Wie viel manchmal durch die Übertragung in die Malerei

Abb. 120. Engelstudie. Weißgehöhte Kreidezeichnung. In einer englischen Privatsammlung.

tung seiner Handzeichnungen beschäftigen. Es haben sich deren sehr viele aus allen Zeiten seiner Thätigkeit erhalten. Sie sind freilich weit auseinander in öffentlichen und privaten Sammlungen verstreut, aber zum großen Teil sind sie durch treffliche Vervielfältigungen, namentlich durch die Braunschen Photographien, der Öffentlichkeit übergeben. Des Meisters unermüdlicher Fleiß, die Gewissenhaftigkeit seines Studiums und der Reichtum seiner Phantasie treten gleichermaßen in diesen in allen nur erdenklichen Arten der Technik bald flüchtig hingeworfenen,

verloren ging, zeigen besonders auch die Kinderköpfchen, die in den Gemälden meistens an einer gewissen Härte leiden, während sie in den Studienzeichnungen entzückend sind, (Abb. 120). Den zu bestimmten Werken gemachten Studien, den Modellköpfen und den Bildnissen benannter Persönlichkeiten reiht sich eine große Menge von Bildnissen Unbekannter an, die nur durch die Zeichnungen, in denen sie uns mit greifbarer Lebendigkeit vorgeführt werden, fortleben (Abb. 121 ein um das Jahr 1520 gezeichnetes Bildnis). Ganz besonders fesseln diejenigen

Blätter, auf denen die abgebildete Persönlichkeit nicht porträtmäßig zurechtgesetzt,
sondern mit einem, man möchte sagen
hochmodernen Realismus in scheinbar zu-
fälliger — aber überzeugend charakte-
ristischer — Stellung festgehalten erscheint (Abb. 122). — Wahre Wunder-
werke sorgfältigster Naturnachbildung sind
mehrere in Wasserfarben gemalte Blätter, Pflanzen- und Tierstudien, die Dürer
augenscheinlich aus keinem anderen Grunde
gemalt hat, als weil es ihn freute, sich
mit liebevollem Eingehen in die Natur
zu versenken; so eine tote Mandelkrähe
und ein Flügel von demselben Vogel
in der Albertina, auf geglättetes Perga-
ment gemalt, mit einer unvergleichlichen
Wiedergabe des Schillerglanzes der Federn,
und ein Hase, bei dem sozusagen jedes
einzelne Haar ausgeführt ist, in derselben Sammlung. — Einen nicht ge-
ringeren Genuß gewährt die Betrachtung
der Kompositionsentwürfe, die meistens
mit der Feder gleich in einem gewissen
Grad von Vollendung gezeichnet sind
(Abb. 32, 96, 97, 107, 123), bisweilen
aber auch sich auf eine flüchtige Angabe beschränken (Abb. 1 und 124) oder nur mit
wenigen leichten Linien die Grundzüge eines
Bildes feststellen (Abb. 125). Auch hier besitzt die erste Niederschrift der künstlerischen
Gedanken eine gewisse Frische und Herzlichkeit des
Ausdrucks, deren Reiz in einer zeitraubenden
Ausführung — selbst wenn die Ausführung
in dem Dürers Hand am meisten zusagenden
Kupferstich geschah — nicht mehr mit solcher
Unmittelbarkeit zur Geltung kommen konnte.
Eine große Zahl von Dürers erhaltenen
Kompositionszeichnungen ist auch ganz ohne
eine bestimmte Absicht späterer Ausführung,
bloß um dem Schaffensdrange des Augen-
blicks zu genügen, entstanden. Auch befinden
sich Blätter darunter, die schon Ausführungen
sind und für sich selbst als abgeschlossene
Kunstwerke betrachtet sein wollen. Das vor-
züglichste in dieser Art sind neben der „grünen
Passion" zwei zusammengehörige Bildchen (in
der Albertina und im Berliner Kupferstichkabinett), die Auferstehung Christi und Sim-
son im Kampf mit den Philistern darstellend,
die mit der denkbar äußersten Feinheit und
Vollendung in schwarz und weiß auf dunkel
grundiertem Papier gezeichnet sind und die
von Dürer selbst für wert gehalten wurden,

Abb. 121. Bildnis eines unbekannten Mannes.
Kohlenzeichnung in der Albertina zu Wien.
(Nach einer Aufnahme von Ad. Braun & Co., Braun,
Clément & Cie. Nchfl., in Dornach i. Elf. und Paris.)

mit seiner vollen Namensunterschrift bezeichnet zu werden. — Eine eigene Klasse
von Zeichnungen bilden diejenigen, die wissen-
schaftlichen Untersuchungen dienen, indem sie
die Grenzen der möglichen Verschiedenheiten
in der menschlichen Gesichtsbildung feststellen
wollen (Abb. 126), oder auf die Ermittelung
der Gesetze harmonischer Verhältnisse aus-
gehen durch Einzeichnung von Maßen und
Zirkelschlägen in Figuren von Menschen und
Pferden.
Vom Jahre 1526 an war Dürer fast
nur noch schriftstellerisch thätig. Schon 1525
hatte er ein Buch über die „Meßkunst"
(Perspektive) mit erläuternden Holzschnitten
herausgegeben. 1527 widmete der vielseitig
gebildete Künstler, der auch über Gymnastik
und über Musik Abhandlungen geschrieben
hatte, die er indessen nicht herausgab, dem
König Ferdinand ein mit zahlreichen Illustra-
tionen und mit einem schönen heraldischen
Titelbilde geschmücktes Werk, durch das er
dem von den Türken bedrohten Vaterlande
nützen wollte, und das für die Folgezeit
nicht ohne praktische Bedeutung geblieben
ist: „Unterricht zur Befestigung der Städte,
Schlösser und Flecken." Ein mit diesem
Werke in innerem Zusammenhang stehender

großer Holzschnitt, die Belagerung einer
Stadt darstellend, war die letzte lediglich
künstlerische Arbeit, welche Dürer der Öffentlichkeit übergab. — Es drängte den Meister
noch, die von ihm auf dem Gebiete der Kunst
gemachten Erfahrungen kommenden Künstler-
geschlechtern mitzuteilen. Seine eigene Kunst
schätzte der größte Künstler ganz klein; aber
er glaubte, mit der Zeit würden die deutschen
Maler „keiner anderen Nation den Preis
vor ihnen lassen". Zur Erlangung dieses
Zieles wollte er nach Kräften beitragen, indem er auf die Notwendigkeit wissenschaft-
licher Studien für den Künstler hinwies.
Ihn dauerte die Unwissenheit vieler seiner
Berufsgenossen, die, nur handwerksmäßig
gebildet, ihre Werke zwar mit geschickter
Hand, aber „ohne Vorbedacht" malten. Die

„Meßkunst" sollte nur ein Teil seiner von
ihm schon lange vorbereiteten umfassenden
Unterweisung für junge Kunstbeflissene sein.
Den Hauptbestandteil dieses Werkes sollte
eine „Proportionslehre" in vier Büchern
bilden; Abhandlungen über Malerei und
anderes sollten sich anschließen. Doch nur
das erste Buch der „Proportionslehre", die
nachmals von seinen Freunden in ihrem
ganzen Umfange druckfertig gemacht und
herausgegeben und die später in viele Sprachen übersetzt wurde, vermochte er selbst end-
gültig fertig zu stellen.
Plötzlich und früher, als man erwartete,
starb Dürer vor Vollendung seines 57. Lebens-
jahres eines sanften Todes. Er ward auf dem
Johanneskirchhof zu Nürnberg in dem Erb-
begräbnis der Familie Frey bestattet. „Dem

Abb. 123. Der heilige Christophorus, Federzeichnung. In einer Privatsammlung in Paris.

Gedächtnis Albrecht Dürers. Was von Albrecht Dürer sterblich war, wird von diesem Hügel geborgen. Er ist dahingegangen am 6. April 1528." So lautet in klassischer Kürze die von Pirkheimer verfaßte lateinische Inschrift der Erzplatte, welche die Gruft bedeckt.

Zahlreiche Auslassungen geben uns Kunde von dem Schmerz, mit dem die Todesnachricht die größten Männer der Zeit erfüllte.

So hoch auch Dürer, den seine gelehrten Freunde den deutschen Apelles nannten, um seiner Kunst willen geehrt worden war, fast noch höher hatte man ihn um seiner menschlichen Tugenden willen geschätzt und bewundert.

Eine schöne Schilderung seiner Persönlichkeit hat uns Joachim Camerarius, der erste Leiter des von Melanchthon zu Nürnberg gegründeten Gymnasiums, in der Vorrede zur lateinischen Ausgabe von Dürers Proportionslehre hinterlassen. „Die Natur hatte ihm," heißt es darin, „einen in Bau und Wuchs ansehnlichen Körper gegeben, passend zu der schönen Seele, die er einschloß. Sein Kopf war scharf geprägt, die Augen

Abb. 124. Martyrium der heiligen Katharina. Entwurf zu einem Fries, Federzeichnung im British Museum.

leuchtend, die Nase wohlgeformt und kräftig geschnitten, der Hals ein wenig zu lang, die Brust breit, der Leib schlant, die Schenkel muskulös, die Unterbeine fest. Aber seine Finger — etwas Schöneres meinte man gar nicht sehen zu können. In seiner Rede lag ein solcher Wohllaut und ein solcher Reiz, daß den Zuhörern nichts unangenehmer war,

schönerung und zur Erheiterung des Lebens gilt, ohne von Ehrbarkeit und Recht abzuweichen, das hat er nicht nur sein Leben lang nicht außer acht gelassen, sondern auch als Greis noch gut geheißen, wie seine nachgelassenen Schriften über Gymnastik und Musik darthun. Vor allem aber hatte die Natur ihn zur Malerei geschaffen, und

Abb. 125. Madonna mit Heiligen. Federskizze, anscheinend aus der ersten Zeit nach der venezianischen Reise.
Im Museum des Louvre zu Paris.
Die Heiligen der oberen Reihe sind durch Beischriften von Dürers Hand als Jakob, Joseph, Joachim und Zacharias,
Johannes, David, Elisabeth und Anna bezeichnet.

als wenn er aufhörte zu sprechen. Seine Seele war von glühendem Verlangen nach vollendeter Schönheit der Sitten und der Lebensführung erfüllt, und er zeichnete sich darin so aus, daß er mit Recht für einen vollkommenen Mann gehalten wurde. Aber darum war er keineswegs von trübseliger Strenge oder von unangenehmem Ernst: im Gegenteil, alles, was als Beitrag zur Ver-

darum hat er sich dem Studium dieser Kunst mit allen Kräften hingegeben und sich eifrig bemüht, die Werke berühmter Maler aller Nationen und den tieferen Grund ihrer Art und Weise kennen zu lernen, und was er davon für richtig hielt, sich anzueignen. Mit dem höchsten Recht bewundern wir Albrecht als den eifrigsten Hüter der Sittlichkeit und Züchtigkeit und

als einen Mann, der durch
die Großartigkeit seiner Ma-
lereien das Bewußtsein seiner Kraft kund gab, und
bei dem doch auch von den
kleineren Werken nichts ge-
ring geschätzt werden darf.
Man findet in seinen Ar-
beiten keinen unüberlegt
oder verkehrt gezeichneten
Strich, keinen überflüssigen
Punkt. Was soll ich von
der Fertigkeit und Sicher-
heit seiner Hand sagen?
Man möchte schwören, mit
Lineal und Zirkel sei ge-
zogen was er ohne anderes
Mittel als Pinsel, Stift
oder Feder zum Verblüffen
der Zuschauer hinzeichnete.
Was soll ich davon sprechen,
mit welcher Übereinstim-
mung von Hand und
schaffendem Geist er oft-
mals die Verbildlichungen
irgend welcher Dinge auf
das Papier warf oder, wie die Künstler
sagen, hinsetzte? Späteren Lesern wird es
gewiß unglaublich erscheinen, daß er bisweilen eine Zeichnung an weit auseinander
liegenden Stellen nicht nur einer ganzen
Darstellung, sondern auch einzelner Figuren
anfing, die dann, wenn er die Verbin-
dung hergestellt hatte, so zusammenkamen,
daß gar kein besserer Zusammenhang denkbar gewesen wäre. Mit dem Pinsel führte
er auch die feinsten Sachen auf Leinwand
oder Holztafel ohne vorherige Aufzeichnung aus, und zwar so, daß nichts daran
zu tadeln war, daß vielmehr alles das
höchste Lob fand. Das haben besonders
die gefeiertsten Maler bewundert, die als
die Sachverständigsten die Schwierigkeit
kannten. — Wie sehr hoch Albrecht auch
stand, so strebte er doch in seinem großen
und erhabenen Geist immer noch weiter.
Wenn überhaupt etwas an diesem Manne
war, das einem Fehler ähnlich schien, so
war es sein unbegrenzter Fleiß mit der
oftmals bis zur Ungerechtigkeit getriebenen
scharfen Selbstbeurteilung. — Nichts Un-
reines, nichts Unwürdiges kommt in seinen
Werken vor, da von allen derartigen Dingen
die Gedanken seiner keuschen Seele zurück-

Abb. 126. Studie über die Unterschiede der Gesichtsbildung.
In einer Privatsammlung in Paris.

flohen. Wie würdig war der Künstler
seines großen Erfolgs!"

Dürers Künstlerruhm war schon bei
seinen Lebzeiten nicht nur in Deutschland
und den Niederlanden, sondern auch in
Italien unbestritten. In Venedig sowohl
wie in Antwerpen wurden ihm Jahres-
gehalte angeboten, um ihn dauernd zu
fesseln; und nur sein vaterländischer Sinn
widerstand den hinreichend verlockenden An-
erbietungen. Als er von Venedig aus nach
Bologna reiste, wurde er von der dortigen
Künstlerschaft mit überschwenglichem Jubel
begrüßt, in Ferrara wurde er durch Ge-
dichte gefeiert. Raffael Santi tauschte Arbeiten mit dem deutschen Meister aus, „um
ihm seine Hand zu weisen". Von Raffaels
Geschenksendung an Dürer, einer Anzahl
von Zeichnungen, hat sich ein Blatt mit
Aktstudien, durch einen Vermerk von Dürers
Hand beglaubigt, erhalten (in der Albertina);
das mit Wasserfarben auf ein Tüchlein gemalte Selbstbildnis, welches Dürer als Gegengabe schickte, und dessen Ausführung Raffael
in Staunen versetzte, ist verschwunden. Der
große Urbinate hat kein Bedenken getragen,
einem seiner berühmtesten Gemälde, der
unter dem Namen „Lo Spasimo di Sicilia"

bekannten Kreuzschleppung, das betreffende Blatt aus Dürers „Großer Passion" zu Grunde zu legen. Auch andere italienische Meister haben von Dürer, dem sie unumwunden den Vorrang in Bezug auf die Erfindungsgabe zugestanden, Entlehnungen gemacht. Der unerschöpfliche Schatz seines Ideenreichtums wurde ihnen hauptsächlich durch die in Originalabdrücken und in italienischen Kupferstichnachbildungen verbreiteten Holzschnitte vermittelt. Die allgemeine Beliebtheit der Dürerschen Arbeiten wurde auch in der Heimat durch Nachdrucker und Fälscher ausgebeutet. Wiederholt mußte der Rat von Nürnberg sowohl bei Dürers Lebzeiten, als auch nachmals, da das Verlagsrecht an seine Witwe, die den Gatten um elf Jahre überlebte, übergegangen war, zum Schutze von Dürers geistigem Eigentum einschreiten. Später wurde die Fälschung ganz im großen getrieben. Sogar Werke, dergleichen Dürer wohl niemals gemacht hat, kleine Reliefs in Kelheimer Stein und

Porträtmedaillen, wurden mit seinem Monogramm bezeichnet und als Arbeiten Dürers in den Handel gebracht. Seine größeren Gemälde wurden durch den Eifer fürstlicher Sammler, unter denen Kaiser Rudolf II obenan stand, fast alle von ihren ursprünglichen Bestimmungsorten entfernt. Erst als in der zweiten Hälfte des 17. Jahrhunderts der französische Kunstgeschmack in Deutschland herrschend wurde, ließ die Bewunderung des großen, so echt und ganz deutschen Meisters nach. Der erste, der dessen Bedeutung dann wieder erkannte und würdigte, war der junge Goethe. Der zog des männlichen Meisters „holzgeschnitzteste Gestalt" der glatten Modemalerei seiner Tage vor und sprach zu einer Zeit, wo Künstler und Kunstverständige noch durchaus anderen Anschauungen huldigten, das Wort aus, daß Dürer „— wenn man ihn recht im Innersten erkannt hat — an Wahrheit, Erhabenheit und selbst an Grazie nur die ersten Italiener zu seinesgleichen hat".

Abb. 127. Die Kreuzigung. Abdruck einer Gravierung in Gold (der fog. Degenknopf).